KB103017

혼자 보는 그림

그림에 문외한이니 배운다는 마음으로 천천히 읽어야지 하였다가 단숨에 흡수해 버린 책이다. 미술이라는 흰 뼈를 제 근간으로 두되 그에 살 붙인 근육과 지방은 다양한 문화 전반에서 끌어올 줄 알았다. 예서 중요한 키워드는 아마도 '절로'일 것이다. 자연처럼 스스로 그러할 줄 아는 글의 귀함을 간만에 이 책을 통해 찾은 듯싶다.

이 탄력적인 영민함은 무엇보다 저자의 솔직함에서 비롯한 바 클 것이다. 기교라는 어떤 척으로부터 한참이나 먼 사람. 그 가면 쓰기에 능하지 못해 사회생활 가운데 다친 적이 꽤나 잦았을 것 같은 사람. 그런데 그 과정이 또한 어쩔 수 없었겠다 싶은 사람. 왜? 무얼 어떻게 보고 그 무얼 어떻게 표현해야 하는지 몸으로 타고난 사람 같으니까. 그런 청춘은 매 순간 아플 수밖에 없고, 그렇게 매 순간 흔들리는 일로 보는 우리에게 매 순간 자극이라는 떨림을 줄 것이 분명하니까.

『혼자 보는 그림』이 품은 예술에 있어서의 그 '태도'란 것을 덕분에 여러 번 되씹고 있는 와중이다. '혼자'라는 거, '봄'이라는 거, '그림'이라는 거, 그 풍경을 바라볼 때 발생하는 '거리'라는 거. "내가 가고 싶은 자연은 어디에 안 간다. 풍경은 언제나 거기에 있다." 이 뚝심에 무한한 신뢰를 감출 수가 없음은 기본이고 말이다.

-김민정(시인)

미술 기자로 일하면서 내가 매혹된 사람들 중에는 작가들 못지않게 큐레이터도 많다. 큐레이터. 영화에선 언제나 멋지게 차려 입고 화이트 큐브 안을 또각또각 걸으며 엘리트 관람객에게 작품을 설명하는 그들. 하지만 내가 매혹된 큐레이터들은 미술가의 작업실, 갤러리 전시실, 창고, 도서관을 정신없이 종횡무진하며, 작가만큼 작업에 대해 고민하고, 다큐 PD처럼 전시를 구상하며, 인부처럼 무거운 그림을 번쩍 들고, 기자만큼 글을 많이 쓰는 사람들이다.

그런 큐레이터 중의 한 사람인 김한들이 쓰는 글이기에 이 책은 예사롭지 않다. 큐레이터 체험 에세이도, 작품 감상 에세이도 아닌 이 책은, 미술과 시가 일상인 사람, 그가 인용한 화가 모란디의 말처럼 "지금 보고 있는 것을 성실하게 보는" 사람이 자신의 내면과 주변과 세계를 감각하고 사유한 기록이다.

여기에 그가 특히 아끼는 네 명의 미술가들, "아무 일도 일어나지 않았지만 하루도 평온치 않았던 날들의 기록"을 남긴 전병구, "잊히는 것만큼 잊는 것도 두려운" 것을 상기시키는 박광수, "다 말해 주지 않기에 여운을 남기는" 팀 아이텔, "바르셀로나에서 보았던 오후의 햇빛"을 다시 던져 주는 알렉스 카츠의 그림들이 함께한다. 이들과 함께 "최선의 마음으로 알아챌 수 있는 사물들의 통역가"가 되고 싶다는 김한들이 통역하는 세상은 한층 풍부하고 아름답다.

－문소영(미술 전문 기자, 작가)

# 혼자 보는 그림

시끄러운 고독 속에서 가만히 나를 붙잡아 준 것들

———

김한들

안그라픽스

# 저녁은 멀리서 온다

'저녁은 멀리서 온다'는 릴케의 '눈에 덮인 그윽한 전나무 숲을 지나'의 한 구절입니다. 저녁은 눈에 덮인 숲을 지나 멀리서 옵니다. 그제서야 사람들은 조용해지고 안락의자에 묻혀 생각에 잠깁니다. 십 년간의 소란스러웠던 사회생활에서 벗어나 이 책을 썼습니다. 홀로 책상 앞에 앉아 있던 그 모든 시간이 저에게는 저녁이었습니다.

글을 쓰며 지금 제 삶의 가장 큰 부분을 차지하는 두 단어를 떠올렸습니다. 청춘과 미술, 그 두 가지에 관해 곰곰이 생각했습니다. 청춘은 어쩌면 나이라는 숫자가 아니라 역할이 정하는 경계 안입니다. 학생이 직장인이 되고, 소녀가 엄마가 되면 어쩐지 경계 밖으로 밀려납니다. 바람이나 의지와 상관없이 벗어난 나를 발견하게 됩니다.

　반면 미술은 경계가 없습니다. 작품 앞에서 나는 과거에도,

현재에도, 그리고 미래에도 관람자입니다. 그러니 우리는 미술 안에서 영원한 청춘입니다. 부유浮遊하지만 자유로운 특혜를 영유할 수 있습니다. 마음껏 기뻐하고, 슬퍼하고, 좌절하고, 위로받는 것이 가능합니다.

십 년간 수많은 그림을 보며 살았습니다. 그중 발걸음을 잡는 작품은 드물었습니다. 드문 만남은 저를 오랜 시간 머물게 했습니다. 사람들이 옆의 그림으로 옮겨 갈 때도 저는 그 자리에 서 있었습니다. 혼자 보는 그림이었습니다.

　혼자 보는 그림은 마음을 움직였습니다. 마음이 어딘가에 다다르면 안정을 얻었습니다. 참을 수 없는 가벼움이 스스로 정박했습니다. 그렇게 혼자 봤던 네 작가의 작품을 함께 실었습니다.

이 책을 읽는 독자분들의 시간이 저녁이면 좋겠습니다.

삶을 지키는 것은 결국 마음이고,
그 마음은 온기를 머금은 기억에서 온다.

1부

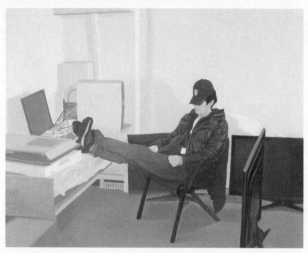

전병구, 팩토텀(*Factotum*), 2012
전병구, 팩토텀(*Factotum*), 2012

## 한여름 속 온수역 승강장에 서서

전병구 작가를 만나러 간 것은 한여름이었다. 햇볕은 뜨거웠다. 푹푹 찌는 숨이 입안을 드나들었다. 나는 온수역에 서 있었다. 작가는 인천에 있다고 했다. 인천에 가기 위해서는 온수역에서 1호선으로 갈아타야 했다. 1호선으로 갈아타는 승강장은 야외에 있었다. 나는 거기에 서서 해의 열기를 온몸으로 받아들이는 중이었다. 더위에 취한 것인지, 내가 아주 멀리 시골의 한 간이역에 서 있는 듯한 느낌이 자꾸 들었다.

　전병구 작가를 알게 된 것은 재작년 이맘때쯤이었다. 더 정확하게 말하자면 작가의 작품을 처음 본 것이 그즈음이었다. 작은 갤러리에서 만난 작품은 내용이나 기법보다 특유의 뉘앙스로 나를 끌었다. 버스 창에 기댄 채 잠든 남자의 얼굴이 남기는 여운이 어쩐지 오래 이어졌다. 전시를 보고 나오는 길에 작가 노트를 읽었다. '아무런 일도 일어나지 않았지만, 하루도 평온치 못하던 날들의 기록.'

작가의 전시 소식을 그 뒤로는 꾸준히 찾았다. 하지만 바쁜 일상에 치여 한 번 가지는 못했다. 언젠가는 청주에 있는 한 레지던시를 외근으로 방문했다. 약속까지 시간이 남아 건물을 한 바퀴 돌며 구경했다. 전병구 작가의 당시 작업실도 거기에 있어서 문 앞을 서성였다. 차마 문을 두드리지는 못하고 붙어 있는 엽서만 사진을 찍고 돌아섰다.

회사 근처 미술관에서 작가의 전시가 열렸다. 이 전시마저 놓칠 수 없어 점심시간에 식사를 거른 채 미술관으로 향했다. 처음 봤던 날의 여운은 이 장소에서도 이어졌다. 작가와 한 번 꼭 만나 보아야 할 것 같다는 생각이 들었다. 연락처를 받아 조심스럽게 말을 건넸고 작가는 반갑게 맞아 주었다. 우리는 그의 작업실에서 만나기로 했다. 그래서 나는 인천에 가고 있다.

작업실에 들어서니 보고 싶던 작품들이 한쪽에 걸려 있었다. 나는 한동안 거기서 눈을 떼지 못하고 멈춰 섰다. 온몸에 스며들어 있던 열기가 빠지고 마음은 안정을 찾았다. 그제야 나는 자리에 앉아 작가와 이야기를 나누기 시작했다.

개인적인 일로 온 것인데도 직업병으로 인터뷰를 시작했

다. 마치 함께 전시를 준비하는 작가의 작업실에 온 듯 질문을 던졌다. 무슨 물감을 사용하는지, 어떤 풍경에서 영감을 얻는지, 캔버스 크기 선택에 특별한 이유가 있는지, 앞으로의 계획은 어떻게 되는지 등의 것들을. 그러다 문득 던지게 된 마지막 질문은 이거였다. "처음에는 어떤 그림을 그리셨어요?"

작가는 작업을 시작하던 시절 그림을 보여 줬다. 무질서하게 쌓인 포장재 위에 기대어 스마트폰을 만지는 사람, 널브러진 모니터 사이에서 쪽잠을 자는 사람. 우리가 주위에서 흔히 볼 수 있는 풍경을 담은 그림은 아니었다. 무엇을 그린 것이냐고 물으니 작가는 대답했다. 공장에서 일할 때 그린 것이라고.

생각해 보니 작가의 대학 졸업 연도와 대학원 입학 연도에는 간격이 있었다. 여느 미대생들이 겪는 진로 고민의 시기를 작가도 경험한 듯했다. 대학을 졸업하고 작업을 계속해야 할지 말아야 할지, 말아야 한다면 무슨 일을 해야 할지, 그것을 후회하지 않을 자신이 있는지. 그러한 고민을 하면서 공장에서 아르바이트를 했던 것 같다.

그 이야기를 들은 순간 나는 작가를 다시 바라보았다. 좋아하는 일을 하기 위해 기다린다는 것은 실로 어마어마한 일이다. 좋아하지 않는 것을 기다릴 때보다 훨씬 큰마음을 소요하기 때문이다. 그가 그 대단한 일을 해낸 큰사람으로 느껴졌다.

흥행에 성공하는 영화마다 주목받는 신인이 한 명씩은 나온다. 알고 보면 십 년 또는 더 긴 시간을 무명으로 지낸 배우들이다. 포기하지 않고 갈고닦았던 실력이 빛을 발하게 된 경우다. 그런 모습을 보면 나는 어쩐지 숙연한 기분이 든다. 그들이 감내해 낸 그 긴 시간을 상상할 엄두도 내지 못하기 때문이다.

내가 처음으로 꿈을 위해 간절히 기다린 것은 첫 회사를 그만두고 나서였다. 멀쩡히 다니던 회사를 개인적인 일로 그만두게 됐다. 곧 후회하여 다시 취직자리를 알아보았지만 쉽지 않았다. 갤러리 구인 자리가 일 년에 열 개가 안 된다는 말을 그때 실감했다. 매년 큐레이터 과를 졸업하는 학생이 수천 명이었다. 이력서를 넣을 만한 자리는 몇 달을 기다린 뒤에 나타났다.

그사이에 나는 구급차를 두 번이나 탔다. 좋아하는 일을 할 수 없는 현실을 견디지 못해 병이 났다. 혼자 전시 프로젝트를 꾸리기도 했지만 성에 차지 않았던 것이 분명하다. 스트레스가 심한 날은 배가 뭉쳐서 지하철 한가운데서도 쓰러지고는 했다. 건강에는 큰 이상이 없었고 진통제를 맞고 누위 있으면 괜찮아졌다. 의사 선생님은 나에게 마음을 편히 먹으라고 말했다.

삶은 항상 짐작도 예측도 불가능한 지점에 인간을 데려다 놓는다. 그래서 인생을 살다 보면 누구나 기다려야 하는 시간을 맞이한다. 안정된 일상으로 향하는 대상이 나타나는 때까지. 그 시간을 어떻게 보내느냐에 따라 인생은 달라진다.

작가는 그림을 그렸고, 나는 전시를 했다.

작가는 그림을 그리고, 나는 전시를 한다.

집에 돌아오는 길에 다시 온수역 야외 승강장에 섰다. 해질 녘의 태양이 몸을 따듯하게 감쌌다. 그 온기가 웬지 감사했다.

좋은 그림을 마음껏 보며 살고 싶다는 생각.

# 바다 냄새 나지 않는 바다로의 여행

생각해 보면 마음을 먹고 쉬는 것은 처음이다. 어렸을 때는 딱히 부지런한 편이 아니었다. 여름 방학이면 매미가 울기 시작하는 한낮까지 잠을 자고는 했다. 그런 나를 흔들어 깨우는 것은 엄마의 잔소리였다. 그 기억이 어찌나 선명한지 목소리의 높이가 아직도 생생하다.

열여섯에 유학을 떠나며 나는 바쁘고 부지런해지기 시작했다. 부모님과 함께 살 때는 소나기가 내리면 집에 전화를 했다. 그러면 엄마는 차에 둘이 함께 쓸 수 있는 커다란 우산을 들고 나타났다. 차를 타고 집으로 향하면 몸에 딱히 젖은 곳이 없었다.

타국 생활은 그리 보송하지도 건조하지도 못했다. 예상치 못한 비가 내리기 시작하면 그대로 맞고 걷는 수밖에 없었다. 온몸이 푹 젖은 채 탕에 들어갔다 나온 듯 집에 도착하고는 했다. 현관부터 재빠르게 욕실로 뛰어도 소용없이 바닥은

축축하게 젖어 버렸다.

대학에 들어갈 때쯤에야 누군가 대신해 줄 수 없는 생활에 익숙해졌다. 동시에 거기서 오는 고됨과 외로움을 잊을 정도로 신나는 일이 많이 생겼다. 학교에는 또래 한국 친구가 많았고, 전공인 미술사에도 푹 빠졌다. 미술이 너무 좋아 틈만 나면 버스를 타고 맨해튼에 나가 전시를 봤다.

42가에 내리면 갤러리가 모여 있는 첼시 쪽으로 내려가거나 미술관이 모여 있는 업타운에 올라갔다. 업타운에 가는 날이면 뉴욕현대미술관을 시작으로 센트럴 파크를 지나 메트로폴리탄미술관, 구겐하임미술관을 돌았다. 걷기에는 꽤 긴 거리인데도 작품 보는 즐거움에 다리가 아프다는 생각은 한 번도 안 해 봤다.

그중 가장 즐겨 찾던 곳은 뉴욕현대미술관이었다. 당시 애정하던 잭슨 폴록이라든지 마크 로스코의 그림을 마음껏 볼 수 있었다. 그림 앞에 소파라도 있으면 시간 가는 줄 모르고 앉아서 머물렀다. 직원 배지를 달고 오가는 사람들을 보며 '여기서 일하는 건 어떤 느낌일까?' 하고 궁금해하기도 했다.

대학을 졸업하고는 지체 없이 한국에 왔다. 사실 부모님은 내가 미국에 머물며 대학원에 가기를 바랐다. 하지만 조기 유학생의 한국에 가겠다는 의지를 꺾지 못했다. 친구들도 만나고 싶고 떡볶이도 매일 먹고 싶었다. 그 나이 때 친구와 떡볶이만큼 중요한 것은 없다. 한국 식당은 생각날 때마다 가기에는 조금 멀었다.

한국에 왔으니 취직을 해야 했다. 그때 한국에서 가장 큰 아트 페어가 열린다는 소식을 들었다. 아트 페어면 최소 100개의 갤러리는 한자리에 모인다. 이력서를 50개 인쇄해서 가지고 행사장으로 갔다. 부스마다 하나씩 그것을 두고 나왔다. 매몰차게 돌려보내며 받아 주지 않는 곳도 있었다. 그러던 중 전화가 왔다. "여기에 와서 면접 보지 않을래요?"

그날 면접을 보고 합격한 회사를 십 년이나 다녔다. 좋은 작가를 찾고, 만나서 이야기를 나누고, 함께하는 전시를 기획했다. 그 외에 아트 페어도 나가고 글도 쓰며 작품을 그 누구보다 가까이서 보고 느꼈다. 회사 생활에 지칠 때도 있었지만 일에 지쳤던 적은 단 한 번도 없었다.

그렇기에 위기가 찾아온 것은 예상 밖의 일이었다. 이상하게 어느 날부터는 출근해서 사무실에 들어서면 가슴이 답답했다. 크게 숨을 쉬어 공기를 조금 집어넣고 자리에 겨우 앉고는 했다. 회사에 큰 불만도 없고, 일이 힘든 것도 아닌데 이유를 알 수가 없었다. '슬럼프가 왔나 보다.'라고 생각하고 6개월만 버티어 보기로 했다.

6개월을 버티고 나니 상황이 더 안 좋아졌다. 그때부터는 출근해서 사무실에 들어서면 눈물이 났다. 매일 아침 화장실에서 혼자 울다가 자리로 돌아왔다. 옆 자리 직원은 퉁퉁 부은 내 눈을 보며 난감했을 거다. 아는 척하기도 모르는 척하기도 어려운 일을 반복했으니.

생각이 많아졌지만, 딱히 답이 나오지도 않았다. 우선 사무실에서 자꾸 울 수는 없으니 일을 쉬어야겠다 생각했다. 그렇게 생각하고 나니 열여섯 이후 '쉼'을 갖는 것이 처음이라는 것을 깨달았다. 학교에 다니며 살림을 하고, 졸업하고는 바로 취업을 했다. 회사에 출근하면서 대학에서 강의도 했다. 우선 매일 출근하는 일부터 멈추자고 생각했다.

그래서 나는 지금 이탈리아에 와 있다. 위치가 어디인지도 모르는 해변에 앉아 있다. 바다에 가고 싶다는 나를 위해 친구가 함께 길을 나섰다. 텅 비어 있는 새벽의 트램을 타고 기차 역에 가서 표를 끊었다. 고속 열차만 있는 줄 알았던 이탈리 아에도 무궁화 열차 같이 오래된 것이 있었다. 느린 속도로 달리는 열차는 가끔 간이역에 멈춰 섰다. 하지만 방송도 없 이 곧 다시 출발하고는 했다. 목적지가 궁금했지만 잠든 친 구는 말이 없었다.

아침이 된 창밖에는 해가 비치기 시작했다. 아침 특유의 노 란빛이 초록 대지 위에 내리는 것이 보였다. 그 빛은 내가 앉은 기차의 창 안으로도 들어왔다. 푸른 부직포로 만든 커튼의 색 과 섞여 오묘한 기운으로 나에게 다가오고 있었다. 그 안에 머 무르니 알 수 없는 목적지는 다다를 수 없는 곳처럼 느껴졌다.

얼마나 달렸을까. 바다가 보이기 시작했다. 아침은 수평선 에 부딪혀 깨진 조각으로 빛났다. 친구를 살며시 흔들어 깨우 며 "바다야."라고 조용히 말하기도 했다. 몇 정거장을 더 지난 뒤에 우리는 내렸다. 나는 재빨리 역 이름을 찾아 사진으로 남겼다. 그리고 저 멀리 걸어가고 있는 친구를 향해 뛰었다.

친구의 곁에 서자 말도 안 되게 짧은 거리 안에 이 해변이 나타났다. 예쁘게 칠해진 오래된 건물이 늘어서 있고 그 곡 선을 따라 펼쳐진 해변. 어른들은 수영복을 입고 자갈 위에 누운 채 독서를 즐기고, 아이들은 바다에 들어가 웃으며 헤엄치는 곳. 신기하게 바다 냄새는 나지 않았고 모든 것이 햇빛 아래 산뜻했다.

마음먹고 쉬는 것이 마냥 편한 것은 아니었다. 익숙하지 않은 여유가 맞지 않는 옷을 입은 것처럼 불편했다. 그리고 '나만 뒤처지지 않을까, 내 자리가 사라지지 않을까' 하는 생각에 불안이 몰려오는 날도 있었다. 그런 날이면 스스로를 달래기 위해 같은 말을 되뇌었다. 같은 속도로 가는 이는 세상 어디에도 없다고. 그러니 타인의 기준에 맞춰 조바심 낼 필요 없다고. 지금 삶의 속도에 의연하게 발을 맞추자고.

이탈리아로 떠나면서도 죄책감이 자꾸 들었다. 하지만 해변에 앉아 가장 뜨거운 태양에 달아오른 마음을 두고 생각한다. 지금의 나는 생의 어느 때보다도 열정적이며 삶을 즐기고 있다. 휴가 기간에 맞춰 으레 움직인 것이 아니라 여행이라는 길을 떠나 있다. 내가 나의 삶을 여행한다는데 어느 누가 비난할 수 있을까.

아마 얼마 지나지 않아 나는 바쁜 삶을 다시 꾸릴 것이다. 세상에는 모두 때라는 것이 있기 마련이니까. 지금 내 나이에 할 수 있는 일을 놓치면 안 되니까. 몸이 고되더라도 그래야 후회하지 않을 테니까. 그래도 아주 가끔은 이렇게 쉼을 즐기며 살자는 다짐을 애써 해 본다.

좋아하는 미술관이 멀어도 가끔은 찾아가 전시를 보는 것. 그런 소중한 경험을 마치고 나오는 길에 차를 마시며 작품에서 받은 감동을 온기로 목 안에 남겨 놓는 것. 나이가 들었을 때 감기에서 나를 지켜 주는 것은 이렇게 쌓은 온기일 것이다. 삶을 지키는 것은 결국 마음이고 마음은 이런 기억에서 온다. 이름 모를 해변에서 가장 뜨거운 지금 같은 순간에서 말이다.

전병구, 진달래, 2017

## 풍경은 언제나 거기에 있다

한동안은 서울을 떠나는 것에 혈안이었다. 사람에게 받은 상처가 쌓일 대로 쌓여 있었다. 상처가 채 낫기도 전에 다른 상처가 그 위를 덮었다. 환기될 틈이 없으니 밑에 깔린 상처에서는 진물이 나왔다. 그것을 덮은 상처에서도 또 진물이 나왔다. 마음은 누군가가 손대면 옮을 정도로 척척한 덩어리가 되어 있었다.

서울을 떠나면 다 괜찮아질 것 같았다. 세상 사람이 서울에 다 모인 느낌이었다. 상처를 주는 사람은 세상 사람이다. 그러니 상처를 주는 사람이 모두 서울에 사는 듯했다. 생각은 도시를 떠나는 것으로 연결됐고 그것은 자연으로 가자는 결론에 이르렀다. 내가 떠올릴 수 있는 가장 먼 자연은 제주였다. 외국 생활의 외로움을 잘 알기 때문인지 다른 곳은 생각이 나지 않았다.

그때부터 나는 아침에 눈을 뜨면 이불 속에서 제주도 부동

산을 검색했다. '이웃 추가'해 놓은 부동산 블로그의 업데이트를 확인했다. 그러다 어느 날은 마음에 드는 매물을 찾았다. 전나무에 둘러싸여 제주 전통 구옥과 신옥이 함께 있는 집이었다. 전통 구옥을 뜯어고쳐 갤러리를 만들고 신옥에서 살면 좋겠다고 생각했다. 노출식 인테리어가 유행이지만 나는 전형적인 화이트 큐브를 만들겠다고 계획했다. 마음은 이미 두 건물 사이 마당에서 모닥불을 피우며 전시 오픈 뒤풀이를 열었다. 엄마에게 전화를 걸었다.

"엄마, 드디어 집을 찾았어. 같이 보러 가자."

"한들아, 정말 자연에 가서 살고 싶은 거야?"

"응."

솔직히 도망가고 싶은 마음 반, 자연에 살고 싶은 마음 반이었다. 하지만 도망간다고 하는 것은 부끄러우니까 자연에 살고 싶다고 말했다. 속마음을 들킨 것 같으니 괜한 핑계들을 늘어놓았다. 사람은 어른이 되어도 숨기지 못하는 아이의 모습을 가지고 산다. 가만히 듣고 있던 엄마가 말했다.

"한들아, 도시에서 일할 수 있는 시간은 흘러가는데 자연은 어디 안 가. 그게 정말 이유라면 천천히 생각해."

"맞네."

"응. 끊는다."

맞는 말을 하니 변명거리가 떠오르지 않았다. 엄마는 이미 전화를 끊었다. 통화 시간만 남은 전화기를 바라보며 생각했다. 정말 그렇다. 내가 가고 싶은 자연은 어디에 안 간다. 풍경은 언제가 거기에 있다. 나무는 서서, 덩굴은 뒤엉켜 자란다. 바람이 불면 나무도 덩굴도 흔들리고 이내 잠잠해진다. 풍경은 언제나 거기에 있다. 그러니 조금 천천히 가도 괜찮다.

## 두 번째라 더 좋아요

나의 첫 사회생활은 잡지사에서였다. 라이프 스타일 잡지와 패션 잡지의 어시스턴트로 일했다. 휴학하고 한국에 온 나에게 지인이 추천한 일자리였다. 시각적인 것이라면 모두 관심을 보일 때라 열의를 가지고 임했다. 덕분에 복학한 뒤에도 뉴욕 통신원으로 활동하며 용돈벌이를 했다.

나는 패션 팀에서 일하며 주로 화보에 사용하는 옷과 액세서리를 준비했다. 청담동에 즐비한 명품 매장에서 협찬받은 물건을 모아 오는 일이었다. 수십 가지 종류를 준비하니 쇼핑백 무게에 어깨는 멍이 빠질 날이 없었다. 큐레이터로 일하며 내 몸보다 큰 작품을 번쩍 드는 근력은 이때 생겼을 것으로 추측한다.

촬영 때는 옷을 정리하고 사진의 피사체가 되는 사람의 착장을 도왔다. 가끔 시침 핀으로 옷 모양새를 잡기도 했는데 긴장했던 마음이 지금도 또렷하다. 피사체는 대부분 연예인이었는데 오로지 찌르지 않는 것에 집중해 얼굴 한 번 제대로 본 일이 없다. 그중 훗날 좋아하는 연예인이 된 사람이 있어 아쉬운 적도 있다.

첫 사회생활은 석 달여 만에 끝이 났다. 복학할 시간이 어느덧 다가와 있었다. 이렇게 자유의 시간을 끝낼 수는 없었다. 모은 월급으로 유럽 여행을 떠나기로 마음먹었다. 고생 끝에 직접 마련한 비행기와 기차 티켓은 소중하기 그지없었다. 유레일 패스가 손에 들어온 날의 설렘은 아직도 생생하다. 유럽 30개국을 여행할 수 있는 티켓을 받아 들자 마음은 풍선처럼 부풀었다. 잠에 들지 못한 채 그 모든 곳을 방문하는 상상을 했다.

갓 스물을 넘긴 나이에는 모험심이 넘쳐난다. 여행지 숫자에 대한 욕심은 자연스러운 것이었다. 하지만 나의 욕심이 조금 과한 것이 문제였다. 미술 전공자인 나는 유럽에서 보고 싶은 그림이 어마어마했다. 영국, 프랑스, 벨기에, 독일 등의 순서로 셀 수 없이 많은 도시를 방문했다. 헤이그에서는 단 3시간을 머무는 무리한 스케줄을 감행했다. 오로지 '진주 귀걸이를 한 소녀'를 보기 위해서였다.

파리에서 그림을 위한 여정은 헤이그에서보다 더 빠듯했

다. 유수 미술관과 작품 무엇 하나 놓치고 싶지 않았다. 매일 아침 일찍 일어나 미술관 오픈 첫 손님으로 전시장에 들어갔다. 지친 다리가 소파를 찾아 앉으면 스스로를 다그치며 일으켰다. 식사 대신 마카롱이나 초콜릿으로 당을 충전하며 걷고 또 걸었다. 도시를 떠날 즘에는 옷이 커질 정도로 살이 빠졌다. 기차역에서 산 손바닥만 한 에펠탑 모형이 유일한 기념품으로 남았다.

파리를 다시 방문하게 된 것은 그로부터 8년이 지난 뒤였다. 회사와 집만을 오가는 일상에서 벗어나고자 할 때 파리가 떠올랐다. 더 정확히는 에펠탑 모형을 사며 '파리는 언젠가 다시 한 번 오겠지.'라고 했던 생각이 떠올랐다. 스무 살의 나는 몰랐다. 파리에 다시 가는 데에 이렇게 오랜 시간이 걸릴 것을.
　그렇게 다시 찾은 파리는 여전히 아름다웠다. 튈르리 정원을 산책하다 원형 연못 앞에 놓인 의자에 몸을 기댔다. 고개를 들자 그곳의 빛이 눈에 들어왔다. 빛은 같은 태양에서 발산하지만, 각각의 도시에 닿으며 다른 무드를 담아낸다. 파리의 빛을 온전히 느끼며 누워 있으니 드디어 이 도시를 즐기고 있다는 생각이 들었다.

조급함을 가지거나 욕심을 부리면 그 무게가 발목을 잡아 떠오르지 못한다. 그리고 그 무게에 지친 마음은 항상 눈앞을 가린다. 첫 번째일 때 가득했던 조급함과 욕심은 두 번째에서 어쩐지 스스로 사라진다.

　무엇인가를 반복하면 거기에 무디어지는 사람이 있다. 반면 나같이 기억하려 노력하는 사람도 있다. 이런 종류의 사람에게 첫 번째 기쁨이 표면에서 발사하는 것이라면 두 번째 기쁨은 내면에서 차오르는 것이다. 그리고 세 번째, 네 번째 횟수를 거듭할수록 그것은 더욱 충만해진다. 아마 그것은 노력하는 자에게 경험과 시간이 주는 선물일지도 모른다. 그래서 결국 두 번째일 때가 더 기쁘다.

# 사물들의 통역가

『모란디의 오브제』라는 사진집이 있다. 나는 이 책을 참 좋아한다. 조엘 메이어로위츠라는 사진가가 모란디라는 화가의 작업실에서 촬영한 컷을 모은 것이다. 메이어로위츠는 이탈리아 볼로냐 비아 폰다차에 있는 모란디의 작업실을 찾았다. 그곳에서 모란디가 그렸던 250개가 넘는 정물을 자연 채광만을 사용하여 사진으로 남겼다.

사진집을 한참 넘기면 뒤쪽에 작업 과정을 담은 컷들이 나온다. 메이어로위츠는 모란디가 그림을 그릴 때 정물을 배치했던 테이블과 배경지를 그대로 사용하여 찍었다. 자기 자신도 모란디가 그림을 그릴 때 앉았던 의자에 몸을 맡긴 채 셔터를 눌렀다. 손대면 바스러질 것 같은 낡음 속에 시간의 흐름을 깊이감 있게 담았다.

나는 모란디에 대해 이야기할 때면 그의 고향을 강조한다. 그는 볼로냐에서 태어나서 볼로냐에서 죽은 로컬이다. 전쟁이 일어났을 때 잠시 마을을 떠난 적이 있었지만 그건 잠시였다. 전쟁이 채 끝나기도 전에 그는 그곳으로 돌아왔다. 볼로냐는 내 기억 속 붉은 도시로 남아 있는 곳이다. 빨간 벽돌로 지어진 집이 골목마다 가득한 도시. 그 벽돌 위로 노란 햇살이 비쳐 골목 전체가 붉게 물들어 버리는 도시.

모란디는 사물 위에 페인트를 칠해 보고 그렸다. 본래 용도를 지우고 정물로의 역할을 강조하기 위해서였다. 그때 사용한 페인트의 색은 볼로냐의 해질녘 차분함을 그대로 담고 있다. 메이어로위츠의 사진집을 좋아하는 이유는 여기에 있다. 자연 채광만을 사용하여 모란디의 오브제를 촬영한 것에서 그에 대한 이해를 보기 때문이다.

모란디는 한 장소에 머물면서 자기가 사는 도시의 색과 삶을 온전히 이해한 작가였다. 볼로냐에서 벽돌을 보며 아름다움을 깨달았던 것 같다. 넓게 펼칠 때보다 쌓아 올릴수록 더욱 견고해지는 것을. 그는 떠나지 않았기에 머무를 줄 알았다. 머무를 줄 알았기에 사색의 시간을 가질 줄 알았다.

모란디는 살아생전 하나의 사물을 오랜 시간 바라보는 것의 중요성을 강조했다. "전 세계를 여행한다 해도 아무것도 보지 못할 수 있다. 세상의 이치를 이해하기 위해서 반드시 많이 봐야만 하는 것은 아니다. 무엇보다 필요한 것은 지금 보고 있는 것을 성실하게 보는 것이다."

일상을 돌이켜 본다. 우리는 그것을 의미 없는 것처럼 치부해 버린다. 방에 놓여 있는 물건들 곁을 스쳐 지나간다. 하지만 집중해서 들여다보면 거기에는 내 인생의 한 페이지씩을 채울 수 있는 이야기가 있다.

큐레이터라는 꿈을 꾸게 만든 전시의 엽서, 처음 파리에 갔을 때 기차역에서 만난 에펠탑 모형, 친구와 도쿄의 백엔숍에서 사 온 비너스 상, 내 마음을 편안하게 해 주는 우드 향의 초, 그리고 삶의 길잡이가 되어 준 소중한 책들.

우드 향의 초를 밝히고 그것들을 바라본다. 모란디가 자신의 스튜디오에서 병 하나도 아주 오래 보고, 칠하고, 그리고 또다시 보았듯이. 그리고 나에게 말해 주는 것을 가만히 들어 본다. 지나간 시간이 나에게 준 물건들이고 그것이 쌓여 삶이되니 결국 삶이 나에게 들려주는 이야기다.

언젠가는 그 이야기를 듣고 또 들어 가장 최선의 마음으로 알아챌 수 있는 사물들의 통역가가 되고 싶다고 생각한다. 집 밖으로 나서야만 의미 있는 깨달음을 얻을 수 있는 것은 아니다. 지금 고개를 들어 눈앞을 보면 의미 있는 사물이 그곳에 있다.

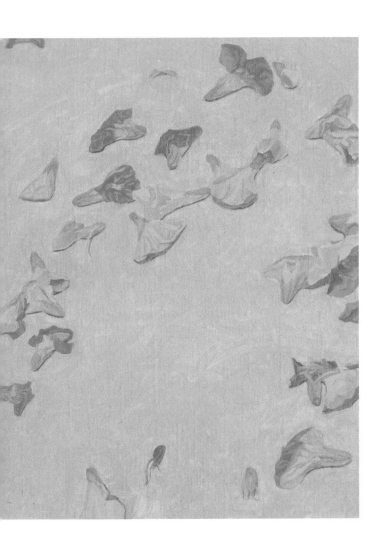

전병구, 무제, 2018

## 나의 축제를 위하여

인생이란 꼭 이해해야 할 필요는 없는 것
그냥 내버려 두면 축제가 될 터이니
길을 걸어가는 아이가
바람이 불 때마다 날려 오는
꽃잎들의 선물을 받아들이듯이
하루하루가 네게 그렇게 되도록 하라.

꽃잎들을 모아 간직해 두는 일 따위에
아이는 아랑곳하지 않는다
제 머리카락 속으로 기꺼이 날아 들어온
꽃잎들을 아이는 살며시 떼어 내고
사랑스러운 젊은 시절을 향해
더욱 새로운 꽃잎을 달라 두 손을 내민다.

– 라이너 릴케, 인생이란

입사 이래 십 년이 넘게 책상 위에 붙여 놓은 시.

어제는 힘들었지만 오늘도 이렇게 굿모닝.

## 일곱 번째 방

갤러리의 휴일인 월요일이면 정오가 지날 때까지 늘어지게 누워 있는다. 집 근처 직장인들 점심시간의 소란스러움에 겨우 일어나서 창밖을 내다본다. 식당 안에서 밥 먹는 사람들, 손에 커피를 들고 걸으며 해를 쬐는 사람들, 이곳저곳 가득한 사람들. 거리를 구경하다 배부른 느낌이 싫어 밥도 굶고 다시 침대에 눕는다. 그렇게 한참 있다가 창밖이 조용해질 즈음에 리모컨을 들어 영화를 하나 고르고 재생 버튼을 누른다. 무려 만 원이나 내야 하지만 나가는 편보다는 이게 나은 것 같다는 생각.

오늘의 영화는 '매직 인 더 문라이트'. 좋아하는 영국 배우인 콜린 퍼스도 나오고 매력적인 엠마 스톤도 나온다. 영화의 시작부터 끝까지 화면을 채우는 1920년대 남프랑스의 풍경이 아름답다. '맞아, 니스에 갔을 때 바다가 저렇게 진한 푸른색이었지.' 하면서 기억을 더듬는다. 버스를 놓쳐 친구와

모나코까지 걸어가며 봤던 해안가의 모습. 결국 반도 못 가서 포기하고 다시 숙소로 돌아왔던 그날. 영화가 클라이맥스에 다다를 때쯤 몸을 일으키니 털북숭이 봉봉이가 같이 일어난다. '맞아, 네가 곁에 있었구나.' 생각하고 웃으며 다시 화면을 본다. 모든 클라이맥스는 누군가와 함께 나눌 때 더 좋다.

영화를 끝까지 보긴 봤을까. 늦은 낮잠에서 다시 깨서 창문을 보면 세상은 이미 어둡다. 주린 배를 채우기 위해 간단한 식사를 하고 다시 침대에 누워 책을 편다. 베개 위에 책을 얹어 두고 엎드렸다가 어깨가 결릴 즘이면 누워서 들고 책을 읽는다. '시간과 공간에서 나를 해방시켜 주는 모든 것은 나로 하여금 속도에서 멀어지게 만든다.' 프레데리크 그로(『걷기, 두 발로 사유하는 철학』)의 이 문장이 좋아서 읽고, 또 읽다 보니 어둠이 깊어 잘 시간이 다가온다. 출근 때문에 일찍 잠에 들어야 하는 것이 매일 억울하면서도 잠을 줄이지 못하는 것은 내 탓임을 안다.

아, 오늘도 잘 쉬었다. 방안에서 가만히 쉬면 지난 한 주의 슬픔도 괴로움도 모두 사라진다. 그리고 다음 한 주를 잘 보낼 수 있을 것 같다는 희망 비슷한 것도 느껴진다. 서울 한켠의 작은 방, 나만의 사원에서.

# 봉봉이

"아, 그렇게 생각하면 정말 분하다니까!"

지나가던 행인을 세울 정도로 나는 분통을 터트렸다. 카페 테라스에 앉아 친구와 '봉봉이'에 대한 얘기를 하던 중이었다. 봉봉이는 내가 키우는 강아지다. 4.5킬로그램이 나가는 크림 푸들이다. 이제 막 네 살이 되었다. 강아지 입양을 고민하던 친구는 나의 분노에 눈물을 흘려 가며 웃었다. 생각도 못 했던 것을 내가 이야기했다며 큰 도움이 될 것 같다고 했다. 여태껏 만난 애견인 누구도 이런 이야기를 한 적은 없었다며.

봉봉이를 처음 만난 것은 어느 봄, 저녁 산책길에서였다. 항상 다니던 코스를 따라 동네 공원을 한 바퀴 돌고 시내 구경을 나가는 중이었다. 시내로 향하는 골목에는 작은 애견숍이 있었다. 그날 애견숍은 이사 준비를 하고 있었다. 강아지들을 한 마리씩 이동 가방에 넣어 문밖에 내어 두었다. 이동 가방 숨구멍 사이로 작은 눈동자들이 보였다.

그곳에 갇힌 채 차를 타고 한참 가야 한다는 이야기를 들었다. 어쩐지 나는 마음이 불편해져 자리를 떠나지 못하고 있었다. 그러다 숨구멍 사이로 나를 바라보는 한 아이와 눈이 맞았다. 무엇에 홀린 듯, 나는 그 아이를 입양해 종이 상자에 넣어 집에 데리고 왔다. 충동적이라고 표현할 수 있겠지만 운명적이라는 말이 더 어울린다고 믿고 싶다. 무엇인가를 키우기로 마음먹은 것은 처음이라 온몸이 두근거렸다.

봉봉이는 같이 살기 시작할 무렵엔 잘 걷지도 못했다. 태어난 지 두 달이 채 되지 않은 상태였다. 다리에 힘도 근육도 없어 자꾸 픽픽 쓰러지고는 했다. 그렇게 픽픽 쓰러지면서도 내가 회사에 다녀오면 점프를 하고 바닥을 구르면서 좋아했다.

여느 때처럼 퇴근하고 집에 들어오는 중이었다. 유난히 사람에 그리고 일에 치여 몸이 바닥까지 내려앉을 판이었다. 봉봉이는 내가 지쳐 보이는 날일수록 나를 더 반갑게 맞아 준다. 내 가슴팍까지 뛰어오르는 모습을 보니 금방 기운이 났다. 순간 나는 지난 남자친구들이 떠오르기 시작했다. 모두 강아지를 키웠던 사람들이다.

연애를 하다 보면 좋은 날도 있지만, 당연히 그렇지 않은 날도 있다. 싸우기라도 한 날이면 나는 잠 한숨을 못 자고 울었다. 그런데 그들은 집에 들어가자마자 강아지를 만났을 것이다. 나와의 일을 모두 잊은 채 기분이 풀렸을 것으로 생각하니 갑자기 기가 찼다. 매번 지쳐 먼저 연락을 했던 것이 나에게는 강아지가 없어서였던 것 같았다.

나는 이 이야기를 하다 분노를 표출했고 친구는 깔깔거리며 웃었다. 강아지는 이렇게 기쁨을 주는 일은 물론이고 더 많은 일을 한다. 집에 모르는 사람이 오면 지켜 주려는 믿음직스러움, 혼을 내도 곁에 오는 한결같음, 그리고 귀여움 따위를 보여 준다. 그리고 전에 몰랐던 많은 마음을 가르쳐 준다.

딸아이의 돌잔치에서 친정 엄마를 보고 엉엉 울던 친구도 이제는 이해한다. 아이가 아프기라도 하면 마음을 졸이며 어린 내가 아플 때 부모의 모습을 떠올렸을 것이다. 과일이라도 한 조각 먹을까 싶으면 단 부분은 봉봉이에게 주고 나는 나머지 부분을 먹는다. 봉봉이가 맛있게 먹는 모습을 보고 있으면 입보다 마음이 더 달다.

얼마 전 텔레비전에서 임시 보호 하던 강아지를 입양자에게 보내게 된 가족의 모습을 봤다. 대여섯 살 정도 된 누나들은 데려가지 않으면 안 되냐며 눈물을 쏟았다. 오히려 어린 남자 동생이 무덤덤하게 강아지도 쓰다듬어 주고 농담도 건

넸다. 아빠가 아이의 귀에 대고 물었다. "슬프지 않아?" 아이는 아빠에게 금방 대답했다. "내가 슬퍼하면 강아지가 슬퍼할까 봐 참고 있는 거예요."

곧 강아지가 입양자를 따라 집을 나서고 현관문이 쿵 하고 닫혔다. 아이는 문이 닫힌 것을 확인했다. 그러고 나서야 눈물을 터뜨렸다. 제 몸통을 한가득 울리는 서러운 울음이었다. 봉봉이가 떠나가는 날 나는 괜찮은 척할 수 있을까. 아무래도 마음이 조금 더 튼튼해져야 할 것 같다.

봉봉이는 오늘도 자기 몸을 내 살에 대고 나서야 잠이 든다. 그러면 나는 봉봉이 가까이에 얼굴을 대고 숨소리를 듣는다. 새근새근하는 것을 가만히 들으면 마음이 금방 평화로워진다. 나는 이때 내가 행복하다는 것을 느낀다.

생각해 보면 어릴 적 행복했던 기억이 나를 키웠다. 털이 포실포실한 봉봉이 얼굴을 들여다본다. 그러면 지금 이 행복한 순간이 나를 또 키우고 있겠지라는 생각이 든다. 봉봉이 얼굴을 다시 한 번 들여다본다. 그렇게 쑥쑥 자라서 마음이 튼튼한 사람이 되어야지, 봉봉이가 편히 기댈 수 있는 든든한 사람이 되어야지, 라고 생각한다.

전병구, 무제, 2015

전병구, 기댄 남자, 2017

# 이상한 나이

여전히 젊지만 더 이상 어리지는 않다. 어른스러운 척해야 하는 순간도 늘었다. 제 또래로 보이지 않는 외모 탓에 더욱 그렇다. 중요한 미팅이 있거나 강의를 하는 학기 중에는 셔츠를 입는다. 딸기 우윳빛 핑크 네일 하는 것을 좋아하는데 그것도 꾹 참는다.

어제는 종강을 했다. 이제 네일숍에 가서 딸기 우윳빛 핑크로 손톱을 칠할 거다. 조약돌 모양으로 그려 달라고 말해야지.

2부

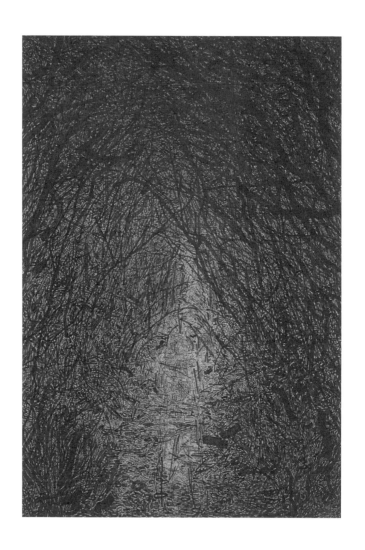

박광수, 검은 숲 속, 2017

## 슬픔이 피어오르는 순간

박광수 작가와 막걸리를 마시러 간 건 우연히 광화문의 전시장에서 만난 날이었다. 온종일 눈이 올 것 같은 하늘이었는데 저녁 시간이 되자 비가 내리고 있었다. 해가 졌는데도 하늘에는 묘한 기운이 비쳐 회색빛으로 가득 찬 날이었다. 우리의 발걸음은 자연스럽게 근처 막걸리 집으로 향했다.

광화문에 많은 술집이 있겠지만 열 시에 문 닫는 것이 좋아 자주 찾는 곳이 있다. 열 시까지 앉아 막걸리를 마시고 있으면 어느 때보다 즐거운 대화를 나눌 수 있다. 긴장하지도 긴장을 풀지도 않은 상태에서 깊은 이야기를 꺼낸다. 이때 꺼낸 깊은 이야기는 다음 날 후회한 적이 없다.

싱잉볼에 하얀 두부가 담겨 나왔다. 특이한 분위기에 취한 것인지 우리의 대화는 어색함이 없이 이어졌다. 최근 본 전시부터 개정을 앞둔 강사법까지 대화의 주제는 다양했다. 그러다 우리는 어느 순간부터 슬픔에 관해 이야기하기 시작했다.

박광수 작가는 '래빗 홀'이라는 영화 이야기를 꺼냈다. 니콜 키드먼이 연기한 베카라는 인물이 교통사고로 어린 아들을 잃은 뒤의 시간을 담은 내용이다. 그는 실수로 아들을 치어 죽인 소년을 우연히 만나 소통하며 상실의 위로를 받는다. 비록 가해지일지라도 그날의 사건을 공유하고 있다는 사실이 그것을 가능하게 한다. 일말의 공감을 바라기 때문에.

개봉하고 십여 년의 시간이 지난 영화다. 그런데도 쉽게 잊지 못하는 것은 후반부의 대사 때문이다.

소년이 묻는다.

"가슴에 얹힌 이 무거운 바위를 어떻게 해야 하지요?"

베카는 대답한다. 손가락으로 작은 돌멩이 모양을 만들면서.

"시간이 지나면 무거운 바위가 점점 작아져. 나중에는 주머니에 넣고 다녀도 좋을 만큼 조약돌처럼 작아지지. 그러다 가끔은 그 조약돌을 잊어버리기도 해. 하지만 문득 생각나 손을 넣어 보면 만져지지. 그렇게 계속 가는 거야."

슬픔은 사라지지 않는다.


여느 사람들처럼 스무 살 무렵 첫사랑을 해 봤다. 재미있는 스타일은 아니었지만 어떤 순간 행복하다는 것을 느끼게 해 준 사람이었다. 그리고 그 행복을 느끼며 나는 '이런 걸 사랑이라고 하는구나.' 하고 깨달았다.

달뜬 사랑은 어떤 사건을 계기로 이별에 다다랐다. 그리고 분명 사랑은 끝났는데 이별은 절절하게 이어졌다. 마음의 열병은 계절이 지나도 뜨겁게 달아올라 나아질 기미를 비추지 않았다. 이 무렵의 사랑은 특유의 격정적이며 열렬한 마음을 가지고 있다. 지금 같은 사람과 같은 사랑을 하고 헤어져도 그때만큼 슬프지는 않을 것이다.

시간이 지나고 어느 날 헤어진 남자친구에게 연락이 왔다. 안부가 항상 궁금했다고 말했다. 곧 식사 약속을 잡았다. 다시 만나니 반갑고 기뻤다. 그 이후로 우리는 친구가 되어 종종 만난다. 이제는 얼굴을 마주 보고 앉아도 아무런 감정이 들지 않는다. 오랜 시간 알아 온 친구라는 느낌이 더 크다. 그런데도 이상하게 그때의 슬픔은 그때의 슬픔으로 내 마음속에 남아 있다.

박광수 작가의 이름을 머리에 새긴 것은 혁오의 '톰보이' 뮤직비디오를 보고 나서였다. 작가는 드로잉을 기반으로 애니

메이션 영상을 제작해 이 뮤직비디오를 만들었다. 일명 '불사람'이 주인공으로, 그는 끊임없이 피어올랐다 사라지는 것을 반복한다. 동시에 숲을 헤매면서 춤을 추기도, 불꽃을 퍼트리기도 한다. 그리고 마지막에 그 숲으로 날아오던 새는 어딘가에 부딪혀 깃털을 터트리며 사라진다.

흔하지 않은 형상의 등장도 일렁이는 검은 선의 느낌도 남달랐다. 하지만 무엇보다도 나를 끌어당겼던 것은 남다른 이야기 구성과 마지막 장면이었다. 불사람이 더 이상 보이지 않고 새는 죽어 버린 순간. 모든 것이 소멸하고 사라진 순간. 바로 슬픔이 피어오르는 순간이다.

사랑했던 무엇인가가 존재했던 자리에서 슬픔은 생겨난다. 그리고 그것은 작아지거나 옅어질지언정 사라지지 않는다. 슬픈 경험과 기억은 내 몸과 삶에 각인되어 나와 함께 살아간다. 생각해 보면 누구나 마음 한켠에 몇 개씩의 작은 돌멩이들을 가지고 살아간다. 공평하게 말이다.

박광수, 숲에서 사라진 남자, 2015

# 숲에서 사라진 남자

이 그림 앞에 서면 나는 단테의 『신곡』이 생각난다. 지옥 편 맨 처음에 나오는 '숲'이 떠오르기 때문이다. 그 글은 이렇게 시작한다. "인생의 반평생을 지냈을 무렵, 나는 바른길에서 벗어나 어두운 숲속에 들어서게 되었다. 그 숲이 얼마나 거칠고 무서웠던지 생각만 해도 두려움이 절로 솟아난다. 죽음도 그보다는 더 무섭지 않으리라."

수많은 숲이 있고 숲의 중첩은 또 다른 숲을 만들어 낸다. 그리고 그 숲은 한밤중처럼 검고 어떤 빛도 비추지 않는다. 길은 나타나지만, 중첩 속에서 끊어지고 사라진다. 갈 곳을 잃은 채로 어둠 속에 헤매는 것이 결국 할 수 있는 전부다.

우리는 살아가면서 길을 잃고 어두운 숲속에 서 있는 자신을 발견하는 순간을 마주한다. 벗어날 수 없는 상황에서 내가 통제할 수 있는 삶의 영역이 얼마나 작은지 깨닫는다. 내 의지와 상관없이 일어난 일에 많은 감정을 느끼는데 이것은 곧 모두 막막한 슬픔이다.

슬픔을 대표하는 것은 죽음이 가져오는 이별이다. 그렇기에 슬픔은 마음속에 담아 둔 채 다니기에 너무 무거운 존재다. 그 무게가 마치 도로를 막고 선 거대한 바위와 같고, 우리는 그 앞에서 멈추어 선다. 바위, 슬픈 덩어리를 옮겨 주는 것은 시간이며 우리는 그것을 기다리는 수밖에 없다. 그 누구도 시간과 만나 보거나 이야기를 나누어 본 적이 없기 때문에.

나이 든 외할머니를 모시기 시작하면서 엄마와 나의 대화 주제는 바뀌었다. 보통 우리의 대화는 새로 생긴 어디 식당이 맛있다더라, 무슨 브랜드에서 나온 가방이 예쁘더라 등이 전부였다. 하지만 하루가 다르게 몸의 힘이 약해지는 할머니를 보며 우리는 죽음을 이야기하기 시작했다.

어느 날은 우리의 노년을 상상하며 대책을 세우기도 했고, 어느 날은 떠나간 가족의 마지막 날 기억을 더듬었다. 암을 이기지 못했던 고모를 추억하다가는 점심 밥상을 가운데 두고 울었다. 삼겹살과 상추와 쌈장을 한가득 펼쳐 놓고도 그렇게 눈물이 났다. 상충된 장면이지만 생각해 보면 삶의 대부분은 이런 식이다. 그러다 엄마가 이런 말을 했다.

"나는 죽으면 수목장을 해 줘."

수목장은 시신을 화장하여 유골을 나무 아래에 묻는 장법葬法이다. 스위스에서 도입했는데 풍수지리에 관심이 깊은 우리나라에서 급속히 퍼지고 있다. 면적을 작게 차지하여 땅 부족을 막는 자연 친화적인 방법으로 알려졌다. 물론 엄마가 수목장을 하고 싶은 것은 자연 친화적인 이유와는 멀다. 산업화 속에 성장한 세대가 대체로 그러하듯 엄마는 자연 보호에 큰 관심이 없다. 단지 총지塚地나 납골당 한쪽을 차지하는 것은 부담스럽고 공중에 뿌려지는 것은 우리가 엄마를 잊을까 봐 겁이 난다고 했다.

지난 가을, 윤석남 선생님과 한 카페 옥상에서 커피를 마셨다. 선생님은 어머니를 주제로 사십여 년이 넘게 작품 활동을 하셨다. 모성의 의미를 소극적으로 받아들이지 않기를 바라는 마음을 담았다. 희생으로서 편협하게 해석하면 오히려 반反여성적인 의미가 될 수 있다며 경계하기를 바란다. 모성은 아이를 낳고 키우는 범주의 것이 아니라 세상을 보듬고 사랑하는 힘이다.

그런데도 나는 아직 엄마를 생각하면 엄마의 희생이 먼저 떠오른다. 엄마가 수목장을 한다면, 숲에 가면 그곳이 온통 엄마일 것만 같다. 그러면 나는 미안한 마음에 숲에 주저앉아 어둠이 와도 자리를 떠나지 못하고 울겠지. 숲을 만나는 빈도만큼 슬픔을 마주하는 순간이 늘어날 것이다.

하루키의 소설 『노르웨이의 숲』에 등장하는 와타나베가 독일 함부르크 공항에 막 착륙한 비행기에 앉아 있는 장면이 생각난다. 그곳에서 흘러나오는 비틀즈의 '노르웨이의 숲'을 듣고 그는 자신을 잊지 말고 기억해 달라던 과거의 인연을 떠올린다. 슬픔의 시간을 약속한다는 것은 힘들고 고통스러운 일이다. 하지만 용기를 내지 않을 수가 없다. 우리를 기억하기 위해서.

슬픔을 온전히 느끼게 하는 문화를 가진 곳들이 있다. 생활과 슬픔을 하나인 것처럼 매일 반복하여 습관으로 남기는 곳이다. 남아프리카에서는 가족이 죽으면 몇 달 동안 집을 떠나지 않는다. 시칠리아에서는 미망인이 남편이 사망한 후 1년 동안 가족 외의 사람과는 말을 나누지 않는다.

인생은 슬픔의 연속이며 그것에 익숙해지지 않고서는 견딜 수 없는 고통이다. 살다 보면 삶의 면면은 우리에게 슬픔을 월간 잡지 보내듯 전해 온다. 구독 신청을 한 적이 없으니 취소할 수도 없다. 우리는 매일 소중한 것을 잃어버리며 산다. 심지어 오늘의 나와도 내일은 이별을 해야 한다.

'숲'은 이렇게 이어진다. "그러나 나는 거기서 귀중한 선線을 만났으니, 내가 만난 선을 보여 주려면 거기서 본 다른 모든 것들도 말해야 하리라." 사랑하는 사람들은 내가 이 세상에서 만난 가장 귀중한 선이다. 어두운 숲 앞에 서서 한참 동안 그것을 바라본다. 그것이 낯익은 풍경이 될 때까지 바라본다. 상실한 존재가 나에게 주었던 사랑이 떠오를 때까지. 그것으로부터 빛이 비칠 때까지. 오래 머물러 본다.

# 우리 나이여서 힘들 수 있는 일

"맛있는 거 할 거니까 집에 와. 혼자 오지 말고 너 그 친구도 데리고 오고."

엄마는 좋은 재료가 들어와서 주말에 음식을 할 예정이라며 집에 오라고 했다. 그러면서 짝꿍처럼 붙어 다니는 나의 대학 친구도 데리고 오라고 했다. 유학 생활을 길게 해서인지 우리는 부모님 댁을 지척에 두고도 나와 살았다.

"걔 요즘 밖에 잘 안 나와."

"왜?"

"어~엄청 힘든 일이 있대."

"남자친구랑 헤어졌니?"

"어떻게 알았어?"

"너희 나이에 어~엄청 힘든 일이 그거밖에 더 있니."

나는 깜짝 놀라 엄마에게 다시 물었다. 회사 일이 힘들 수도 있고 사기를 당했을 수도 있지 않냐며. 남자친구와의 이별

때문에 힘든 것을 단박에 알아맞힌 것이 아무래도 신기했다.

엄마는 그 나이 때 밖에 나오지 못할 정도로 힘든 일은 사랑밖에 없다고 했다. 순정이 남아 있는 시기이기 때문이라고, 점차 나이가 들면서 감정과 생활의 수지타산을 따지며 사랑을 하다 보면 지금처럼 힘들지 않을 것이라고 말했다. 그리고 그때 힘들게 하는 것은 사랑의 아픔이 아니라 삶의 아픔이라고.

나는 엄마 이야기를 들으며 조금은 안심했다. 이 나이 때에만 그렇게 힘든 것이라고 하니 다행이라는 생각이 들어서였다. 계속 이렇게 사랑에 휘둘리다 보면 마음이 모두 타들어 가 재도 남지 않을 모양이었다. 재도 정말 많이 태우면 산화되어 흔적도 없이 사라지더라.

'그럼 서른이 지나면 아무렇지 않아질까? 마흔은 되어야 하려나? 마흔 전에는 결혼을 해야 할 텐데? 마흔이 지나도 결혼을 하지 못하면 어떻게 하지?'

따듯한 가정을 동경하는 나의 머릿속에서 생각이 꼬리를 물었다. 고된 일과를 마치고 돌아올 때 멀리서도 나만 알아볼 수 있는 우리 집 창문의 빛, 거기서 오는 온기. 나는 항상 온기가 느껴지는 가정을 누군가와 함께 만들고 싶은 꿈이 있다.

생각은 더 이어졌지만 금방 이불 털 듯 탈탈 털어 버렸다.

지금은 원래 그러는 나이라고 하니 우리의 아픔을 유난스럽지 않게 여기기로 마음먹었다. 그리고 온몸으로 그것을 받아들이는 수밖에 없다고 생각한다.

# 세상에서 가장 안전한 마음 I

수화기 너머로 들리는 술 취한 상사의 고함. 놀란 마음은 숨을 벌떡벌떡 가쁘게 쉬고 도무지 가라앉을 생각을 않는다. 마음만큼 놀란 눈도 눈물이 빠르게 차오르는 것을 어찌지 못하고 그냥 흘려보낸다. 결국 광화문 한복판에서 소리를 내며 엉엉 울고 말았다.

집으로 돌아오는 지하철 안에서 생각했다.

세상에서 가장 안전한 마음을 가지고 싶다.

## 세상에서 가장 안전한 마음 II

한때 스터디 모임을 같이 했던 사람을 지인의 전시 오프닝에서 만났다. 요즘 어떻게 지내냐는 나의 물음에 그는 국립중앙박물관, 한국고미술협회 같은 곳에 취업을 준비하고 있다고 말했다. 우리는 클레멘트 그린버그, 로버트 모리스, 로버트 스미슨 등의 글부터 니꼴라 부리오, 권미원 등의 글까지 함께 읽었다. 현대에서부터 동시대에 이르는 미술 비평을 읽어 내며 꽤 긴 시간을 보냈다. 어쩌다 고미술에 관심을 갖게 된 것인지 궁금해져 묻자 그녀는 이렇게 대답했다.

"이제 산 사람이랑은 일 안 하려고요. 죽은 사람의 작품만 공부할 거예요."

숨이 넘어갈 듯이 웃었다. 어느 작가와 전시를 준비하다 한바탕 싸운 것이 분명했다. 그러고는 전시장을 빠져나오는데 어쩐지 슬퍼졌다. 산 사람을 미워하며 살아야 한다니 너무 슬픈 일이다.

박광수, 부스러진, 2017

# 기억의 벽

삼청동에 가려면 광화문 역에 내렸다. 광화문 역에서 경복궁 방향으로 직진을 했다. 경복궁이 보이면 동십자각이 보이는 골목으로 들어섰다. 그렇게 조금 걸으면 높고 기다란 벽이 나왔다. 500미터는 될 것 같은 그 벽을 지나면 갤러리들이 나왔다.

높고 기다란 벽 안에는 기무사가 있었다. 기무사는 국군기무사령부를 줄여 부르는 말이다. 벽 바로 옆에 붙은 갤러리에 취직하고 난 뒤에야 그 존재를 알았다. 십 년이 넘는 시간 동안 무엇인지도 모르고 전시를 보겠다고 지나다녔다. 선배들이 온갖 무서운 일은 다 일어난 곳이라며 겁 많은 나를 놀리고는 했다.

벽 앞을 지날 때마다 나는 종종걸음으로 속도를 냈다. 그렇게 출퇴근을 하고 얼마나 지났을까. 그 안에 들어갈 일이 생겼다. 국립현대미술관에서 기무사 건물을 리모델링하여 서울관을 개관한다는 발표를 했던 무렵이었다. 변화의 시작을 알리겠다는 '신호탄'이라는 기념 전시가 곧 그곳에서 열렸다. 개막식 날 보러 갔는데 건물에서 풍기는 으스스한 느낌이 몸을 감쌌다. 북적이는 인파 속에서도 그 느낌은 쉬이 가지 않았다.

기무사가 사라지고 국립현대미술관 서울관이 들어섰다. 가림막 안에서 중장비들이 건물을 무너뜨리고 다시 세웠다. 그렇게 새로 생긴 건물에 내가 처음 방문한 것은 밤이었다. 개관 전날 밤 11시경, 미술관에 불이 드물게 들어온 상태였다. 담당 작가 작품 설치 상태를 확인했는데 '신호탄'에서의 으스스함이 되살아났다. 전시를 보러 자주 오기는 어렵겠다고 생각했다.

그런 나를 한 달에 몇 번씩 서울관에 방문하게 만든 전시가 있었다. 안규철 선생님의 개인전 '안 보이는 사랑의 나라'였다. 전시장에 들어선 커다란 설치 작품도 아이디어 노트에 그린 드로잉들도 너무 좋았다. 한켠에 쓰여 있던 글은 사진으로 남겨 여전히 꺼내어 본다. "모래의 방 무지개의 방, 기록하고 기억하는 것과 지우고 망각하는 것, 남아 있는 것과 사라지는 것"

한국예술인복지재단에서 업계 종사자에게 주는 '예술인 패스'가 있다. 이 카드가 있으면 국공립 미술관 무료 관람이 가능하다. 한동안 왜 받았는지 모르겠다고 생각한 카드를 여기서 마음껏 썼다. 일하다가 몸과 마음이 지치면 사무실에서 몰래 빠져나가 이 전시를 봤다. 내가 드나든 입장료를 계산하면 십만 원은 될 거다.

전시 중 가장 좋아했던 작품은 '기억의 벽'(2015)이다. 관람객들이 써내는 메모지가 모여 거대한 벽을 이루는 작업이다. 작품이 되는 방에 들어가는 입구에는 포스트잇과 연필이 있다. 그리고 이런 안내가 붙어 있다.

기억의 벽

우리에게 소중한 것들의 이름이 모여서 거대한 벽을 이루고, 한 권의 책이 됩니다. 안내 요원이 나눠 드리는 색종이 카드에 당신이 지금 가장 그리워하는 것의 이름을 써 주십시오.
좋아했지만 여기 없는 것, 사라져서 안타까운 것, 영원히 잊을 수 없는 것의 이름[*]을 하나만 골라서 적어 주십시오. 그 카드는 정해진 위치에 붙여져 8,600장의 색종이로 이루어지는 벽화의 일부가 됩니다. 그 위에 다른 관람객의 카드가 계속 덮이면서 이 벽화는 한 편의 시 구절**을 보여 주는, 움직이는 그림이 될 것입니다. 그리고 전시가 끝난 뒤에는 이렇게 모인 단어들로 한 권의 책을 만듭니다. 그것은 '그리운 것들의 책', '사라진 것들의 책'이 될 것입니다.

* 사람 이름과 같은 고유 명사는 여기서 제외됩니다.
** 진은영 시인의 『일곱 개의 단어로 된 사전』(문학과지성시인선 276) 중에서 '詩' 일부.

연필을 들고 가만히 서서 파란 종이를 보며 떠올린 그리운 것, 그것을 종이에 꾹꾹 눌러써서 조심히 전시장으로 가지고 들어가 벽에 붙이고 나면, 종이에 고정된 시선은 떨어질 줄을 몰랐다. 사무실로 돌아가서 할 일을 해야 하는 것을 아는데 그 앞에서는 조급함이 무겁고 미안했다.

사람들은 다양한 것을 그리워했다. 어린 시절을 떠올리는 사람은 '구름사다리', 희끗희끗한 머리가 나기 시작한 사람은

'청춘', 연애를 한 지 오래된 사람은 '사랑', 쉼을 간절히 원하는 사람은 '바닷가의 모히토'라고 썼다. 스페인, 바다, 구름, 여행, 할머니, 강아지, 동생, 편지, 흙냄새, 쌀국수, 시골, 버스도 있었다. 내가 항상 그리워하는 것은 사람이었다.

얼마 전, 박광수 작가의 작업실에 작업을 보러 갔다. 들어가자마자 정면에 보이는 그림은 미로의 형태였다. 한데 왠지 누군가의 얼굴이 보이는 것 같았다. 작가와 이야기를 나누어 보았다. 그림 전면에 인물을 넓게 그린 것이 맞았다. 인간 시간의 흐름, 늙어감, 혹은 소멸이 수많은 선으로 갈라지고 부스러지고 있는 모습.

　사람들은 삶의 기저에 자신이 잊히는 망각에 대한 두려움을 깔고 살아간다. 나를 잊지 말라며 타인의 기억에 매달리는 일이 종종 일어나는 이유다. 죽음이 완성되는 순간은 사람들의 기억에서 잊혔을 때라는 말이 괜히 나온 것이 아니다.

　그리고 나에게는 잊히는 것만큼 잊는 것도 두려운 일이다. 한때는 전부였던 일이 아무것도 아닌 일이 되어 버리는 것 같기 때문이다. 소중한 것은 또렷하게 기억하고 싶은데 자꾸 부스러진 듯 흐려지는 것이 겁이 난다.

그리움은 그림[畵], 글[書]과 어원이 같다. 모두 '긁는다'라는 동사에서 유래한 말이다. '긁는다'는 손톱이나 뾰족한 기구 따위로 바닥을 문지르는 행위다. 머릿속에 떠오르는 것을 종이 위에 형태로 긁어내면 그림, 문자로 긁어내면 글, 그리고 마음속에 긁어 새기면 그리움이다.

동네를 함께 뛰놀았던 빌라 친구들, 오빠 초등학교 졸업식 날의 엄마, 좋아했던 미술학원 입시반 선배, 외국인이었던 나를 항상 챙겨 주던 선생님, 기쁨도 슬픔도 항상 가장 먼저 나누었던 친구, 서로 상처만 주고 헤어졌던 연인 그리고 또 많은 사람은 모두 잘 있을까. 잊고 싶지 않아 마음속에 찬찬히 새겨보는 밤이다. 그리워하는 밤이다.

# 오월

처음 갤러리에서 일을 시작했던 때를 떠올린다. 일을 시작할 무렵에는 원서를 넣었던 대기업에서 연락이 왔었다. 그래도 나는 미술이 좋았고 그곳에 시험을 보러 가지 않았다. 정직원은 아니었지만, 인턴 신분이라도 미술 가까이에 있다는 것에 심장이 뛰었다.

갤러리에서 인턴이 하는 일은 보통 정해져 있다. 신문 스크랩을 하고, 탕비실에 모자란 것이 없는지 확인하고, 우체국에 가서 우편물을 보내고, 전시장 안내 리플릿을 챙기고, 전시 도록 판매를 하는 등의 쉬운 업무다. 한데 처음 일을 시작했을 때는 그 업무조차 버거웠다. 실수를 종종해 자신감이 떨어졌었다.

하루는 실장님이 책 한 권을 주며 지나갔다. "이거 착불로 보내 줘."라는 말과 함께. 나는 그 책을 조용히 집어 들었다. 고개를 돌려 주변을 살폈다. 아무도 나에게 집중하면 안 되는 순간이었다. 누구도 모르게 처리해야 하는 미션이 생겼기 때문이다. 다행히 모두 자기 일을 하느라 고개를 들 시간이 없어 보였다. 나는 생각했다. '착불이 뭘까?'

빠르게 검색창에 '착불'을 입력했다. 스크롤을 내릴 정도로 그 단어가 많이 나왔다. 그런데 어쩐 일인지 뜻은 찾아볼 수 없었다. 영어부터 한자어까지 검색했는데 유추해 내는 것에 실패했다. 사회 초년기에는 불안한 마음에 작은 일도 큰일이 된다. 울먹이며 실장님에게 전화를 걸었다. "착불이 뭘까요?"

의사소통은 전혀 문제가 없었지만 일상 용어는 취약했다. 이제는 영어가 잘 떠오르지 않아 당황스러운 순간이 늘 정도로 바뀌었지만. 심지어 현장에서 말을 배우니 표준어를 모르는 경우도 있다. 못을 박았다 뺀 자리를 메우는 하얀 것은 '빠데', 캔버스 천을 고정하는 지지대는 '왁구', 물감 위의 먼지를 털어 내는 것은 '후끼'라고 배웠는데 이것들의 정식 이름이 무엇인지 들어 본 적이 없다.

생각해 보면 나는 말뿐만 아니라 한국에 대해 아는 것이 별로 없었다. 미국의 상하원 의원 숫자는 외우고 있으면서 우리나라 국회의원이 몇 명인지는 잘 몰랐다. 세계 대전이 발발한 이유는 알고 있으면서 한국 전쟁의 전개 과정은 몰랐다. 홀로코스트로 아우슈비츠에서 죽어 간 사람들의 포로 생활에 대해서는 알고 있으면서 일제 강점기 때 서대문 형무소에 수용된 독립운동가들의 삶이 대해서는 몰랐다. 부끄럽지만 그랬다.

그래서 가끔 전시를 준비하다 놀라는 일들이 있었다. 4·19 시위대에 휩쓸려 서울역에서 신촌까지 밀려가며 그렸다는 드로잉을 보면서, 광주민주화운동이 있은 다음 날 광주에 도착한 버스에서 내리자마자 목격한 장면을 그린 그림을 보면서, 제주 4·3 항쟁 전시를 준비하고 증언집을 읽으며 나는 뛰는 감정을 진정시키기 어려웠다. 작가 선생님께 설명을 듣고 책을 찾아보며 그림에서 역사를 배웠다.

뒤늦게 한국을 알아 가는 날이 흐르고 있었다. 오전 회의를 마치고 책상 앞에 앉았는데 '세월호'라는 배가 가라앉고 있다는 뉴스가 나왔다. '금방 구조하겠지.'라며 하루를 마치고 집에 가는 길에 배가 가라앉았다는 뉴스가 나왔다. 2014년 봄, 수학여행을 나섰던 고등학교 학생 수백 명이 그렇게 세상을 떠났다.

이날의 침몰은 우리나라에 잊지 못할 슬픈 일이 되었다. 그것을 두고 의견은 어찌나 충돌했는지 정부 합동 영결·추

모식은 4년 만에 거행되었다. 영결식은 '진상 규명'이라는 글씨가 커다랗게 담긴 현수막 아래서 열렸다. 진상 규명은 아직 멀었다.

아버지 세대에 5월의 광주가 있었다면 우리에게는 4월의 팽목항이 있다. 왜 항상 슬픈 일은 봄에 일어나는 것일까. 빛이 빛으로 돌아오고 제 몸을 한껏 움츠렸던 생명이 기지개를 펴는 때. 환희의 계절이어야 할 봄에서 우리가 느끼는 서글픔은 역사에서 비롯한 것이 분명하다.

## 작은 죽음을 맛보는 경험

나는 겸손해질 수가 없다. 너무 많은 것이 내 안에서 불타오른다. 낡은 해법은 흩어진다. 새로운 것으로는 아무것도 해내지 못했다. 그래서 나는 시작한다. 모든 곳에서 동시에, 내 앞에 한 세기가 남아 있기라도 한 듯이.

엘리아스 카네티는 서른을 갓 넘겼을 때 이런 노트를 썼다. 하지만 그가 근래에 태어났다면 마지막 문장은 다음과 같이 바뀌었을 것이다. '그래서 나는 시작한다. 모든 곳에서 동시에, 내 앞에 두 세기가 남아 있기라도 한 듯이.' 또는 '그래서 나는 시작한다. 모든 곳에서 동시에, 내 앞에서 세 세기가 남아 있기라도 한 듯이.'

카네티는 그의 역저로 알려진 『군중과 권력』(1960)을 집필하는 중이었다. 십 년이 넘게 한 권의 책에 매달리니 열정이 가끔 느슨해졌다. 그럴 때마다 그는 이렇게 빈 종이에 글을 끄적이며 느슨해진 것을 팽팽히 당겼다. 그중 몇몇은 의미가 깊어 그의 또 다른 저서에 짧은 형태의 글로 나타난다. 그 수가 꽤 되어 살펴보려면 하루 마음을 먹고 자리에 앉아야 한다.

이렇게 남은 글들을 읽다 보면 인상 깊은 점이 있다. 바로 그가 위대한 선인을 예로 들며 자신을 채찍질한 흔적이다. 카프카를 찬미하는 글을 특히 많이 남겼는데 그것은 자기가 미래에 가지고 싶은 모습이었다. 그는 항상 자신이 그들처럼 존경받는 사람이 되기를 바라며 살았다. 그렇기에 삶은 카네티에게 너무 짧았다.

카네티가 삶이 인간에게 부여하는 시간의 부족함에 대한 원망을 드러낸 일화가 있다. 카네티는 빈에서 열린 헤르만 브로흐의 50세 생일에서 축하 연설을 선물했다. 그는 연설에 노장을 위한 존경과 장수 기원의 말들을 담았다. 그리고 삶의 시간적 제한을 원망하며 죽음에 대한 증오를 공언한 것으로 알려졌다.

최근 가장 관심이 가는 주제는 인간의 기대 수명이다. 유럽에서 기원전 4세기 그리스인의 평균 수명은 18세였다. 19세기 영국의 평균 수명은 45세였다. 현재 대부분 선진국의 평균 수명은 80세가 넘었다. 그리고 오는 2100년에는 120세가 될 것이라는 예측이 나오고 있다.

카네티가 오늘날 태어났다면 시간과 죽음을 그토록 미워하지 않았을 것이다. 대선배의 생일에 무엇인가에 대한 증오를 내비칠 일도 없었을 것이다. 그리고 '한 세기'라는 말로 영원을 상징하지도 않았겠지. 이제 서른이 된 사람에게 한 세기의 소망은 더 이상 무리한 바람이 아니다.

얼마 전에는 뉴스를 켜 두고 점심을 먹다 밥이 목에 걸렸다. 아나운서는 쉬지 않고 말하고 있었다. "정부에서는 정년 연장 논의를 본격적으로 시작했습니다. 2013년 65세 정년을 의무화한 일본은 현재 70세까지 정년을 연장하는 논의를…" 우리 세대에게 연금으로 소소하게 노년을 즐기는 삶이 먼 미래의 이야기가 될 것이라는 예측을 하기는 했다. 평균 수명이 늘어나는 것과 비례하여 노동의 시간도 증가해야 하기 때문이다. 하지만 이렇게 빨리 변화가 다가올 줄은 몰랐다.

우리는 이제 그 시간을 위한 준비가 필요하다. 새로운 경험에 부러지는 일이 없도록 유연함을 갖춰야 한다. 살면서 두 개 이상의 직업을 갖게 될 것이고 이민을 떠나 타국에서 사는 기회를 가질 수도 있다. 또한 가족, 친구, 연인 등의 관계도 건

강하게 유지해야 한다. 상처를 주고받는 아픈 관계는 오래갈 수 없다. 그리고 그 어떤 것보다 탄탄하게 구축해야 하는 것이 있다. 바로 나와의 시간을 보내는 방법이다.

노인을 모시는 집을 보면 그 방법을 진지하게 고민하게 된다. 큰 병에 걸리지 않는 이상 적어도 5년 이상은 실내 생활을 해야 하기 때문이다. 나이가 들어 옛 친구를 만나러 외출하는 일은 거의 불가능에 가깝다. 병에 걸리지 않아 생명을 연장해도 근육과 관절의 움직임을 유지하기는 힘들다. 가족을 제외하고는 요양사나 간병인이 유일한 만남의 대상이다.

삶의 마지막 단락은 점차 길어진다. 그리고 그 단락에서 가장 자주 마주할 사람은 다른 누구도 아닌 나다. 타인과의 관계 맺기에만 익숙해진 채로 마주하면 지루한 고욕이 될 시간이다. 지금부터 혼자서도 의미 있게 지낼 수 있는 방법을 찾아야 한다. 의식적으로 혼자 있으며 다양한 시도를 해야 할 이유가 충분하다. 바지런히 나와의 시간에 익숙해져야 한다.

나와의 시간은 외면을 마주할 때보다 내면과 마주할 때 더 빠르게 흐른다. 거울 앞에서 고개를 들어 얼굴을 보는 것은 순식간이다. 기억을 더듬고 마음을 열어 감정을 느끼고 생각하는 것에는 끝이 없다.

　내면과 마주하는 능력을 키워 주는 활동들이 있다. 요가와 명상이 대표적이며 요즘은 싱잉볼 연주도 인기가 있다. 언젠가 싱잉볼 연주집 감수를 본 적이 있는데 그때는 이게 무슨 의미가 있나 싶었다. 하지만 실제로 소리를 들어 보고는 반하는 이유를 알 수 있었다.

　이 중에서 내가 직접 경험해 본 것은 요가다. 스물한 살에 시작했으니 벌써 수련 기간이 십 년이 넘었다. 요가 동작을 길게 취하기 위해서는 한곳을 똑바로 바라본다. 시선과 함께 정신을 모아야 무너지지 않는다. 그렇게 몸과 마음을 하나에 쏟아 동작을 마무리하면 개운하다. 땀이 빠져나간 몸만큼 마음도 가벼워진다. 잡념을 사라지는 세계 멀리 던지는 경험이다.

　요가 중 내면을 보기 좋은 동작은 사바사나다. 세션의 끝에 편안하게 누워 있는 자세이자 시간이다. '송장'이라는 뜻이 있어 긴 여정의 끝에서 작은 죽음을 맛보는 경험이라고 부른다. 가만히 긴장을 풀고 있으면 때로는 아무 생각이 들지 않고 때로는 많은 생각이 든다. 생각이 자유롭게 드나드는 것인데 비어진 상태이기에 본질만 명확히 보인다.

나의 직업인 그림 보는 일은 사바사나와 닮았다. 우리는 그림 앞에 서면 움직임을 멈춘다. 그리고 오직 시선만을 움직여 그림 안으로 향한다. 시선이 그림에 닿는 순간부터 그곳에는 캔버스와 나만이 존재한다. 나를 둘러싼 모든 것들로부터 벗어난다.

음악이나 책, 영화 등은 일분일초가 지나면서 연속적으로 일어날 때 의미를 생성한다. 하지만 그림은 몇 날 며칠이 지나도 더해지거나 사라지는 것이 없다. 시간을 붙들어 영원한 현재로 머물며 의미를 무한대로 만든다.

그림을 보는 것은 '본다'는 행위 그 자체로의 의미가 가장 크다. 하지만 그것은 '본다'는 행위를 거친 뒤에 다양한 생각을 끌어내기도 한다. 그림 속에서 보는 익숙한 장면은 나의 지난 시간을 떠올리게 만든다. 낯선 장면은 의심과 추측을 거쳐 사고의 세계를 확장한다.

나는 나와 나의 내면을 연결해 주는 가장 적절한 매개체가 그림이라고 생각한다. 그것에 대해 지금보다 더 많이 알고 싶은 이유다. 사실 작품은 항상 이미지로 보는 것과 실물로 보는 것에 차이가 있다. 지금까지는 이미지가 나은 것보다 실물이 좋은 편이 많았다. (작가님들 감사합니다.) 노인이 되면 실물을 마주하러 전시장에 가는 일은 힘들겠지. 그래도 충분하다.

그림으로 보내는 시선은 항상 반사해 내 마음의 방향으로 향한다. 시각적 경험의 산물로 생겨나는 생각의 크기는 상상만큼 넓다. 반사는 끝없이 이어져 소리처럼 오래 공명한다.

박광수, 부스러진, 2017

박광수, 부스러진, 2017

## 슬픔이 가진 힘

슬픔이 가진 힘을 믿는다. 앞으로 나아감도 슬픔을 버릴 때가 아니라 슬픔을 안고 극복해 낼 때 가능한 일이라는 것을 알고 있기 때문이다. 슬픔은 계단이 된다. 그것을 밟고 서서 조금 더 높은 곳의 공기를 마시면 그만이다.

3부

Tim Eitel, *Untitled (Blue Coat)*, 2011

## 문득문득 떠올려 보는 것

어려서부터 나는 시를 좋아했다. 시를 즐겨 쓰는 아빠를 둔 탓도 있었다. 아빠는 내 생에 중요한 순간마다 시를 선물했다. 내가 태어나던 순간 산부인과 대기실에 앉아서, 중학교에 입학하던 전날 일터 자리에서 다른 선물 대신 시를 준비했다. 지금까지 가장 좋아하는 시는 성년의 날에 선물받았다.

하지만 단순히 아빠의 영향이라고 하기에 나는 시를 정말 좋아했다. 좋아하는 시를 만나면 마음에 드는 남자 아이를 만난 것처럼 볼이 붉어졌다. 수업 시간에도, 길을 걷다가도, 잠들기 위해 누워 있다가도 문득문득 생각이 났다.

나는 유학을 가며 시를 더욱 좋아하게 되었다. 유학 시절 초반에 나를 가장 좌절케 했던 수업은 영어였다. 문학을 좋아하지만 읽는 속도가 느리니 수업 내용을 중간에 놓치기 일쑤였다. 그런데 시를 배울 때면 괜찮았다. 시는 문장이 많지 않았고, 문법이 틀려도 괜찮았고, 미국 아이들도 잘 모르는 요상한 규칙을 가지고 있었다. 영어라기보다 언어였고, 언어라기보다 그 너머에 대한 것이었다.

시는 반대의 뜻을 가진 말이 엮여 하나의 절묘한 표현을 이룬다. 순간에서 영원을 살고, 덧없는 것에서 의미를 찾는다. 기존 질서에서 영혼을 해방시키는 신선한 체험이다. 질서에 억눌린 감각을 풀어놓고 자유롭게 하는 일이다. 그래서 빡빡한 일상을 살다 보면 순간순간 떠오른다.

내가 시를 좋아하는 이유는 이렇게 문득문득 생각나는 것에 있다. 나는 화려하게 인상적인 것보다는 수수하고 옅더라도 오래 남는 것에 매번 마음을 주게 된다. 이러한 취향은 그림을 볼 때도 마찬가지로 드러나는데, 팀 아이텔의 그림을 좋아하는 것이 그렇다.

팀 아이텔은 내가 뉴욕에서 대학을 다니던 시절 처음 알게 된 작가다. 첼시에 갤러리들이 밀집하기 시작해 주말마다 드나들던 때였다. 나는 사람이 북적이는 것을 별로 좋아하지 않아 항상 오픈 시간에 맞춰 바쁘게 움직이고는 했다. 한데 언젠가 한 시간이 넘게 머무르게 되는 전시가 있었다. 팀 아이텔의 개인전이었다.

갤러리에 취직을 하고 가장 기뻤던 순간은 팀의 전시를 하게 되었을 때다. 당시 근무하던 곳에서 연간 전시 계획을 세우는 날이었다. 뉴욕을 중심으로 활동하는 작가 몇 명이 컨택 후보에 올랐다. 모두 좋은 작품을 하는 훌륭한 작가였지만 나의 눈은 한 작품에서 떠나지 않았다. 첼시 갤러리에서 본 팀의 작품이 있었기 때문이다. 결국 팀과 함께 전시를 하게 되었다.

팀 아이텔은 평소 사진기를 가지고 다니며 스냅숏을 찍고 이를 바탕으로 그림을 그린다. 이 과정에서 화면 속 배경과 인물을 점차 간소화하여 절제된 구성의 화면을 만든다. 결국 어디인지 누구인지 드러나지 않는 보편적 대상이 된다. 관객은 어딘가 익숙하고 나와 닮은 듯한 장소와 인물에 자신을 반영하게 된다. 해석의 문은 활짝 열린다.

사실 예술은 우리 삶의 모습을 완벽히 재현해 낼 수 없다. 단어로 정의 내리기에는 범위가 넓고 경계가 모호하며 그림으로 묘사하기에는 끊임없이 변화하고 보이지 않는 부분이 더 많다. 어쩌면 이렇게 축약과 함축으로 표현하는 것이 가장 적절한 방법이다.

다 말해 주지 않기에 여운을 남긴다. 남아 있는 운치는 지워

지지 않는 잔상으로 내 안에 머문다. 그리고 반복적인 회상은 결국 내가 나아간다는 방증이 되어 준다. 나는 거기서 더 큰 의미와 아름다움을 찾고 오늘도 문득문득 떠올려 보는 것이다.

종이 위에 한 손을 올려놓고 연필로 그리면 남는 공간,
손은 팔과 이어져 있기에, 그림은 닫히지 않는다. 고독
이 흘러드는 것도 그런 곳이다.

이성복 시인의 시('시에 대한 각서')에서 이 문장을 읽는 순간
나는 손바닥을 마주치고 벌떡 일어났다. 지금까지 이렇게 명
확하게 고독을 표현해 주는 문장이 없었다. 그리고 곧 팀 아
이텔의 그림을 생각한다. 내가 아는 한 고독이 흘러드는 가
장 아름다운 곳이다.

Tim Eitel, *Architectural Studies*, 2017

## 고요, 그 안에 머무르기

나는 이 여자를 좋아한다. 처음 본 순간부터 그랬다. 여자는 파리에서 온 큰 나무 크레이트 안에, 그 안에 작은 나무 크레이트 안에, 그 안에 작은 종이 상자 안에 들어 있었다. 바스티유의 작은 작업실에서 서울까지 먼 길을 왔는데도 흐트러짐이 없었다.

여자는 벽 너머에 앉아 있다. 벽으로만 이루어진 공간이지만 차갑거나 불편해 보이지 않는다. 재킷과 무명천을 다리 밑에 두어 자신만의 안락함을 찾은 것 같다. 그녀는 무엇인가에 몰두한 듯 고개를 깊이 수그리고 있다. 수그러진 고개를 따라가 보면 손에는 종이와 펜이 잡혀 있다. 손에 든 펜은 어느새 종이의 가장 아랫부분까지 다다라져 있다.

여자를 좋아하는 것은 아무래도 대학 시절 내 모습이 생각나서다. 미국에서 학교에 다닌 나는 방학이면 한국을 오기보다 유럽으로 여행 떠나는 것을 택했다. 부모님은 매번 서운해했지만, 한국보다 짧은 시간에 갈 수 있다는 것은 포기할 수 없는 메리트였다.

유럽에 가면 그곳에 사는 친구들을 종종 만나고는 했지만 대부분 나는 혼자였다. 좋아하는 미술관에 가서 알던 그림의 실물을 보고, 새로운 그림을 발견하는 일에 온 정신과 마음을 빼앗겼기 때문이다. 갔던 미술관을 며칠에 걸려 다시 가고 마음에 드는 그림 앞에서는 이 여자처럼 철퍼덕 주저앉아 그림에 대한 글을 쓰며 한참을 머물렀다.

그때의 노트를 보면 모든 글이 그림에 대한 묘사로 시작하지만 어쩐지 자기 고백이나 다짐 같은 것으로 끝맺어져 있다. 심리 상담 같은 방법을 통해서도 답을 구할 수 없고 오직 자신만이 알아내야 하는 것들이 있다. 나는 그것들을 그림 앞에서 찾았던 것 같다. 여기에 미술이 가진 힘이 있다. 어떤 작품은 우리의 삶에 의미를 보탠다.

나는 이러한 것을 선택한 고독이라고 말하고 싶다. 누군가에 의해 외로운 형편에 놓인 것이 아니라 스스로가 홀로 있는 상황에 자리 잡은 것이다. 그렇기 때문에 혼자이지만 애달프거나 구슬퍼 보이지 않는다. 여유롭고 현연한 태도로 집중한 채 자세를 유지할 수 있다.

　우리는 이 태도를 갖기 위해 노력하며 살아야 한다. 혼자 있는 것이 어색하거나 낯설어서는 안 된다. 살면서 겪는 내면의 상처는 타인으로부터 치유할 수 있는 것이 아니기 때문이다. 호전의 속도를 높일 수는 있겠지만, 결국 치유할 수 있는 건 나 자신이다.

　SNS의 '좋아요'에 가속을 바란다면 그건 잘못된 기대다. 유명인일지라도 온종일 '좋아요'를 받을 수는 없다. 현실과의 괴리가 나를 공허하게 만들 것이 뻔하다. 그러면 상처 주변은 눈물로 습해진다. 습해진 곳에서는 진물이 난다. 신경 써 관리하지 않으면 평생 남는 흉터가 된다.

　다른 것이 필요한 게 아니다. 시간만 있으면 된다. 스탠드 조명에 꽂힌 백열등의 노란빛으로만 가득 찬 어두운 방, 그 불빛 아래 덩그러니 놓여 있는 매트리스, 그 매트리스를 감싼 하얗고도 바스락거리는 시트, 그 시트를 덮은 포근하고도 따듯한 이불, 그리고 나. 이렇게 아무 말도 없는 고요, 그 안에 머무르는 시간.

　그 시간 안에 머물면 결국 인간은 외로운 존재라는 것을 자연스럽게 받아들이게 된다. 삶이라는 것은 오로지 나의 탄

생과 함께 시작해 나의 죽음으로 마무리된다. 그러므로 외로움은 존재의 본질이다.

　그림 앞에 홀로 주저앉아 많은 생각을 했다. 그리고 진실하게 말하고 평담한 마음을 가진 사람으로 살기를 소망했다. 나는 존재의 본질을 어느 정도 느끼며 살고 있는 걸까. 가늠조차 하지 못하는 지금은 앞으로 더 선택한 고독을 마주하며 살아야 하는 이유다.

# 사람도 그립지 않은 밤

"한들 씨 한강 좋아하세요?"

"그럼요! 어제도 가서 달리고 왔는걸요!"

"아…. 그 한강이 아니라 작가 한강…."

작가 한강이 세계 3대 문학상 중 하나인 맨부커상을 받은 다음 날이었다. 아는 기자가 평소 책 읽는 것을 즐기는 나에게 작가의 소설을 추천받으려 걸어 온 전화였다. 기자는 말을 채 끝마치지 못했고 옆자리 사람의 웃는 소리가 들리기 시작했다. 진부한 표현이지만 쥐구멍으로 숨어 들어가고 싶었다. 한강 특집 기사는 나를 비롯한 몇몇 사람의 추천을 포함하여 커다랗게 나갔다. 벌써 수년 전 일인데 그날 대화의 민망함을 아직 잊지 못한다. 담당 기자와 그 옆자리 기자분은 잊었기를 바란다.

나는 한강을 좋아한다. 작가 한강만큼이나 좋아한다. 누구나 한강을 좋아하겠지만 진심이다. 일 년에 한 번 한국에 나왔던 유학생 시절, 한강은 고향에 돌아왔음을 실감케 해 줬다. 지하철을 타고 그 위를 건너며 창밖을 보면 '서울이구나.'라는 혼잣말이 새어 나왔다. 센강, 템스강, 도나우강 등 유명한 강을 여러 번 방문했지만, 그 어느 것도 한강처럼 넓고, 크고, 반짝이지 않았다.

한강의 조각들은 나의 서울을 만든다. 사실 이 조각 중 가장 커다란 크기를 가진 것은 그곳에서 혼자 보낸 시간이다. 사람들과 함께한 시간도 많지만 그보다 더 많은 시간을 나는 한강에서 혼자 보낸다. 그리고 그 시간의 대부분은 달리기로 채워져 있다.

달리기를 시작한 것은 순전히 좋아하는 소설가 때문이었다. 무라카미 하루키가 『달리기를 말할 때 내가 하고 싶은 이야기』라는 회고록을 냈기 때문이다. 이 책에서 가장 인상 깊은 문구는 다음이었다. "만약 내 묘비명 같은 것이 있다고 하면, 그리고 그 문구를 내가 선택하는 게 가능하다면 이렇게 써넣고 싶다. 무라카미 하루키, 작가(그리고 러너), 1949~20**, 적어도 끝까지 걷지는 않았다."

묘비에 새겨 넣고 싶을 정도로 매력적인 것이 달리기라니.

책을 읽던 날 나는 늦은 밤, 한강에 갔다. 그리고 달렸다. 결과는 대만족이었다. 달리고 나니 어쩐지 머리가 맑아지는 느낌이었다. 실제로 달리기는 긴장, 불안과 연계한 근육 활동을 감소시키고, 뇌에 좋은 자극을 주어 정신적 안정을 가져온다. 내 몸을 스치는 강바람이 시원해 기분이 좋았다.

달리기는 주 6일 출근인 나에게 가장 적절한 스트레스 해소 활동이기도 했다. 주 6일 출근자에게 '불금'이라고 부르는 술자리나 클럽은 과욕이다. 금요일에 술을 마시고, 토요일에 술을 해독하고, 일요일에 주말을 즐기는 여유가 없기 때문이다. 한강은 영원히 열려 있고 달리기는 내 몸 하나 움직여 나가면 되는 일이니 정말 딱 맞았다.

온종일 머리가 터질 듯 아파 한강에 다녀왔다. 퇴근하자마자 집에 와서 옷을 갈아입고 운동화를 신었다. 집 앞 가로수 길을 지나 잠원지구까지 순식간에 걸었다. 한때는 멋 부린 사람들 사이를 운동복을 입고 지나가는 것이 어색했다. 이제는 낯이 두꺼워진 것인지 그 상황이 신경 쓰이지 않는다. 러닝 클럽이 도시를 누비는 모습도 한몫했다.

평소에는 잠원지구에서 세빛둥둥섬이 보이는 곳까지 달

린다. 오늘은 상사의 잔소리가 유독 많았던 하루였던지라 더 멀리까지 가기로 했다. 서래섬까지 달려 보기로 마음먹고 다리를 움직이기 시작했다. 체력이 좋은 편이 아니니 스피드를 높이고 싶은 것을 참으려 마음을 다스렸다.

서래섬 표지가 있는 곳까지 왔다. 한데 되돌아갈 생각을 하니 발이 잘 떨어지지 않는다. 그제야 지도를 열어 보니 평소보다 두 배의 거리를 뛰었다. 택시를 타고 싶은 마음이 들었지만, 손에는 휴대폰만이 들려 있다. 다시 힘을 내서 달리기로 했다. 출발한 곳이 보일 때는 참았던 것을 더 참지 않고 전속력으로 달렸다. 아, 정말 시원했다.

그 순간부터는 집까지 만신창이가 되어 걸었다. 엉망이 된 머리와 옷차림새로 다시 가로수 길을 지났다. 집에 도착하자마자 재빨리 종아리 스트레칭을 하기 시작했다. 다리가 좀 풀린 것 같아지자 샤워를 했다. 그리고 나오는 길에 냉장고에 들러 차가운 맥주 한 캔을 꺼냈다. 스트레칭을 서두른 이유는 바로 이거다. 침대에 엎드린 채 맥주를 땄다. 탁!

맑아진 머리와 개운해진 몸. 그 사이로 시원한 맥주를 넘기니 이런 생각이 든다.

'세상에 맥주처럼 좋은 게 또 있을까.'

이런 밤에는 사람도 그립지 않다.

# 호우시절 I

친구 무리와 멀어진 뒤 한동안은 외로움이 컸다. 특별한 일이 있었던 것은 아니었지만 우리 사이에는 자연스럽게 거리가 생겼다. 각자 다른 회사에 취직하면서 공통된 대화의 주제가 사라졌다. 그뿐만 아니라 같은 사건을 두고 다르게 반응하는 일도 많아졌다.

맛집이라고 불리는 곳에 모여 음식을 먹고, 화장품 얘기를 할 때는 신이 났다. 하지만 정작 중요한 순간 마음은 엇나가 서로 상처를 줬다. 그것에 지치는 날이 많아지자 나는 어느 날부터 친구들을 만나러 가는 것이 부담스러워졌다. 몇 번 모임에 빠지기 시작했더니 자연스럽게 연락이 끊겼다.

그렇다고 날아갈 것처럼 마음이 가벼워진 것은 아니었다. 모든 것은 무게만큼의 의미가 있기 나름이다. 또래 친구들과의 연결 고리가 끊어진 것뿐인데 나는 세상에 혼자 있는 아이처럼 느껴졌다. 혼자라는 느낌은 패배감이라는 감정으로 변질되어 나를 수렁 밑으로 끌어내렸다.

　그 마음을 정리하게 된 것은 그들 중 첫 신부가 탄생한 날이었다. 우연히 보게 된 사진 속에서 그 친구는 결혼식을 올리며 환히 웃고 있었다. 나는 카페 테라스에 앉아 지인과 일광욕을 한껏 즐기며 농담을 주고받고 있었다. '이렇게 서로 소식을 모른 채 잘 지낼 수도 있구나.' 하는 생각이 들었다.


이십 대는 삶에서 가장 아름다운 시기다. 나의 이십 대가 이제는 멀어진 친구들 덕에 빛났다. 거기에는 한 치의 의심도 없다. 타국에서 가족 없이 학창 시절을 보내며 우리는 서로 의지하고 기댔다. 그러면서 함께 많은 것을 배우기도 했다. 친구의 소중함, 사람의 소중함 같은 것.

　스물일곱의 첫날은 우울했다. 아침부터 그랬다. 전날 야근으로 지난해를 마무리한 것도, 창문 너머 한강 불꽃놀이를 보며 홀로 새해를 맞이한 것도, 마음에 드는 게 하나도 없었다. 침대에 누운 채 꼼짝도 하고 싶지 않아 하루를 그냥 보냈다. 저녁 즈음이 되어 기분이 풀리자 생각나는 것은 역시 친구였다.

　"새해인데 뭐해? 저녁 먹었어?"

　"그냥 있었어. 언니 와서 같이 먹자."

혼자 살며 요리를 딱히 하지 않았던 둘이었다. 새해 첫날 문 연 배달 음식점을 뒤지다가 중국집을 찾았다. 짬뽕 두 개와 탕수육 하나를 시켰다. 배달이 왔다. 그릇을 감싼 비닐을 나무젓가락으로 열심히 비벼서 뜯었다. 국물을 한 숟가락 떠먹었다. 정말 따뜻했다. 아, 따뜻하다. 그날 우리의 첫 끼니이자 새해의 첫 식사였다. 그때의 온기가 아직도 생생하다.

호우시절好雨時節이라는 말이 있다. 중국의 시성 두보杜甫가 노래한 '춘야희우春夜喜雨'라는 시의 '호우지시절好雨知時節'이라는 말에서 따왔다. 정우성이 주연을 한 영화 '호우시절'의 제목도 여기서 왔다. '때를 알고 내리는 좋은 비'로 직역하는데 그 의미는 다음과 같다. 같은 비도 때를 알고 내리면 좋지만, 때를 모르고 내리면 나쁠 수도 있다. 만물을 소생하게 할 수도 있지만, 홍수가 되어 돌아오기도 하니 말이다. 같은 인연도 좋은 시절과 그렇지 않은 시절이 분명 있다.

첫 번째 호우시절을 보내고 나서야 깨닫는다. 외로워야 성찰이 가능하며, 고독에 익숙해져야 타인과 진정한 상호작용이 가능하다는 것을. 그제서야 우리는 진실의 대화를 나눌 수 있고, 진실의 대화만이 인연을 오래 이어가게 한다.

모든 계절은 비로 시작하고 비로 마무리 지어진다. 이제 계절과 계절 사이에 또 다른 비가 내리기 시작하는 것 같다. 이 비가 그치고 다음 비가 내리기 전에 지금의 계절을 마음을 다해 아끼고 싶다.

# 호우시절 II

언제나처럼 잠들기 전 초를 켜고, 좋아하는 맥주를 손에 들고
가만히 생각한다. 미워하고 원망하는 것 외에 내가 할 수 있는
것들을. 생각의 끝에 찾은 답은 하나다. 더 사랑하는 수밖에.

## 따뜻하기도 서늘하기도 쉬운

언제부터인가 서점에 혼자서 인생을 살아가는 방법에 대한 책이 나타났다. 책의 숫자는 늘고 늘어 산문 매대의 절반을 차지하기 시작했다. 혼자서도 괜찮아야 한다고, 상처를 주는 관계는 가차 없이 잘라 버리라고 말한다. 맞는 말이지만 그 조언이 주는 힘은 반복 속에 갈수록 미약해진다.

나는 그 어려운 일이 쉬운 일이 되어 버린 것 같아 안타깝다. 관계를 잘라 버리는 것은 사실 굉장히 힘든 일인데 단편적 행동처럼 비추는 것 같기도 하다. 책을 읽고 상대를 쉽게 정리하지 못하는 스스로가 바보처럼 느껴지지는 않을까 걱정이다.

이런 책이 다 사라지기도 전에 이제는 외로움에서 구원해 주는 책이 다시 등장한다. 독서 클럽, 와인 모임 등 타인과 함께하는 소규모 모임이 늘어난다. 관계는 가만히 두면 가까워지기도 멀어지기도 하는데 애써 조율하니 힘이 드는 거다. 세상은 시끄러운 고독으로 가득하다.

일 년에 한 번 홍콩으로 출장을 간다. 봄마다 열리는 아트 바젤 홍콩 기간에 맞춰 떠난다. 전 세계 미술인이 아시아에 모이는 행사다. 작품을 소개하고, 사람들과 만나다 보면 시간은 틈도 없이 흘러간다. 열흘 정도 집을 비우고 돌아오는 날 현관문을 열면 공기가 서늘하다. 공간 안에는 사람이 살아야 온기가 돌고 생기가 충만해진다.

사람 마음도 마찬가지다. 그 안에 사람이 살아야 한다.

Tim Eitel, *Untitled(Observer)*, 2011

# 자정에 오는 것들

황현산 선생님이 영면하셨다는 이야기를 들은 것은 어느 잡지 기자의 전화에서였다. "한들 씨, 황현산 선생님을 기리는 특집 기사를 쓰는데『밤이 선생이다』표지로 썼던 이미지를 부탁해도 될까요?"

『밤이 선생이다』는 문학 평론가이자 불문학자였던 황현산 선생님 생애 첫 산문집이다. 나는 선생님이 번역하신 보들레르의 시집을 정말 좋아한다. 원문을 그대로 살려 내면서도 특유의 서정적 단어 선택과 운율의 흐름이 느껴지기 때문이다. 이 섬세함은 선생님의 산문 속에서도 그대로 드러난다. 길지 않은 길이의 글 안에 버릴 것 하나 없는 단어로 압축된 문장들을 보면 그렇다. 단어를 하나 선택하는 데에도 고심하셨을 모습이 눈에 그려진다.

이 책은 표지 이미지로 팀 아이텔의 'Untitled(Observer)'(2011)를 사용했다. 책이 대중에게 사랑받아 베스트셀러가 되며 팀의 그림도 덩달아 널리 알려졌다. 팀의 작품을 국내에서 처음 소개했던 나로서는 어찌나 신이 나는 일이던지. 얼굴 한 번 뵌 적 없는 선생님께 항상 감사한 마음을 가졌고 광화문에 갈 때면 대형 서점에 들러 진열대에 보이는 책을 한참 만져 보다 왔다.

팀이 최근 한국에 왔을 때도 공항에서 숙소로 향하는 길, 대화의 주제는 이 책이었다. 나는 이 책이 그간 베스트셀러이자 스테디셀러가 되었다는 소식을 알렸다. 동행자 중 책에 대해 알지 못하는 사람이 있어 책 제목을 이야기했다. 동행자의 입에서는 아름답다는 찬사가 흘러나왔다. 우리는 곧 밤에 관해 이야기하기 시작했다.


나는 밤을 맞이하는 나름의 의식을 가지고 있다. 저녁을 먹고 두어 시간이 지날 때까지 기다린다. 책을 읽을 때도 있고 TV를 볼 때도 있다. 때가 되면 샤워를 하고 나와서 향초를 켠다. 향초의 향이 방을 가득 채울 때 즈음이면 냉장고로 걸어간다. 냉장고에서 캔 맥주를 하나 꺼내어 책상 앞에 앉는다. 그러면 나의 밤 맞이 의식은 끝난다.

밤을 맞이한 뒤에 하는 일은 보통 글을 쓰는 일이다. 작은 노트북을 앞에 두고 맥주를 홀짝이며 이 단어, 저 단어 타이핑해 보는 것이다. 이때 쓰는 글들은 어쩐지 막힘이 없고 유려하게 흘러간다. 문법에서 어긋난 문장을 써도 문제가 없고 숨은 의미를 갖게 된다. 낮에 회사에서 보도 자료와 같은 글을 쓸 때와는 다르다. 우선 맞춤법 검사기를 돌리는 일이 없다.

가끔은 영화를 보러 가기도 한다. 감사하게도 집에서 십 분 거리에는 예술 영화를 상영하는 영화관이 있다. 낮에는 사람을 가르며 힘겹게 걸어야 하는 압구정 거리를 밤에는 공기를 가르며 여유롭게 걸어간다. 매표소 앞에 서면 조금은 낯선 느낌의 제목들이 자주 눈에 띄는데 이때 본 영화들은 시간이 흐른 뒤에도 잊히지 않고 생각이 난다. 여운이 남았다는 말을 몸소 체험하게 하는 경험이다. 그것을 또 글로 남기고 잔다.

내가 이렇게 밤에 의식을 가지고 행하는 것들은 대부분 창조적인 행위와 관련이 있다. 그렇게 하자고 마음을 먹는 것도 아닌데 어쩐지 그 방향으로 흘러간다. 그리고 신기하게도 이러한 흐름은 나에게만 생겨나는 것이 아니다. 좋아하는 작가들이 인터뷰에서 늦은 취침 시간을 고백하는 것을 여러 번 봤다. 자정이 넘은 뒤부터 해가 뜨기 전까지의 시간을 즐기고 싶기 때문이다. 밤. 사색을 하고 창작을 하는 시간.

별 관찰은 밤 11시부터 새벽 2시까지가 적당하다고 한다. 해의 잔광이 없이 완벽히 어둠만이 주위를 감싸기 때문이다. 나는 별들이 뿜어내는 빛이 우리를 꿈과 추억으로 이끄는 모습을 상상해 본다. 본래 아련하게 비치는 것들은 애틋한 기억과 감성을 불러내기 마련이다. 우리는 이 애틋함을 곁에 머물게 하기 위해 가장 아름다운 형태로 남긴다. 예술이라고 부르는 것으로.

밤은 어제와 오늘이 공존하는 순간이다. 이분법적 시간의 틈 사이에 머물면서 초현실적인 경험들을 불러일으킨다. 가끔은 직관인지 성찰일지 모를 깨달음을 얻게 하고 그것들은 이미 존재하던 것들을 한층 끌어올린다. 낮의 세계에서는 일어날 수 없는 상승이다.

황현산 선생님은 밤에 오는 그 많은 것들을 어떻게 '밤은 선생이다'라는 짧은 문장으로 함축해 내셨을까. 자정을 지나서야 배출되는 언어들이 있다. 그리고 나는 그것들을 사랑한다.

# 존 버거에게 다다르는 길

사람마다 이상향이 있다. 누군가에게 그것은 하와이 같은 장소이고, 누군가에게 그것은 어머니의 품에 안겼던 순간 같은 시간이다. 그리고 나에게 이상향은 사람이다. 나는 언젠가 존 버거에 다다르고 싶다는 생각을 한다.

존 버거는 런던에서 태어난 영국 사람이다. 미술 비평가, 사진 이론가, 소설가, 다큐멘터리 작가, 사회 비평가로 활동했다. 미술 평론으로 글쓰기를 시작해 활동 영역을 넓혀 예술과 인문, 사회 전반을 자신만의 깊은 시선으로 읽어 냈다.

존 버거를 처음 알게 된 것은 대학교 전공 수업 시간이었다. 우리는 그의 책인 『Ways of Seeing(한국어판 제목: 다른 방식으로 보기)』을 교과서로 사용했다. 책의 두께가 얇은 편이라 나는 시험을 앞두고는 시험 범위 부분 전체를 외웠다. 몇 번씩 소리 내 읽으며 기억했는데, 반하지 않을 수 없는 문장들이 거기에 있었다. 반복해서 읽다 보면 그의 세심한 단어 선택과 단어 사이의 관계가 보였다. 그리고 단어 사이의 공간에서 내용과 메시지가 공명했다.

그는 항상 현실 속에 머물며 그것에 저항의 시선을 보내는 글을 썼다. 예를 들면 『Ways of Seeing』에서는 예술의 역할을 정치와 사회적인 범주의 문제로 다뤘다. 부커상을 받고 쓴 『제7의 인간』에서는 유럽의 이주 노동자에 관해 이야기 했다. 지금보다 나은 미래를 향한 바람을 다양한 형태의 글 곳곳에 담았다. 그렇기에 그 울림은 사람들의 마음에서 끝없이 이어지며 멈추지 않는다. 단순히 존 버거 개인의 시선에서 끝나는 것이 아니라 우리 모두의 연대로 남는 이유다.

2017년 1월 3일, 즐거워야 할 생일 아침이 슬픔으로 가득 찼다. 그의 타계 소식을 들은 것이다. 나는 마음을 채운 먹먹한 느낌을 어쩌지 못했다. 일찍이 이상향으로 삼았던 것이 이제 이 세계에는 없었다. 다른 세계로 옮겼으니 거기까지 가려면 긴 시간 노력해야 하겠다며 겨우 추슬렀다.

최근 나는 존 버거로 향하는 길 위에 첫 번째 정류장을 세웠다. 그것은 낭만적인 것을 논리적으로 써 내는 지점이다. 논리적으로 쓴다고 낭만이 증명되거나 구체화될 리는 없다. 그래도 그것의 실체에 한 발자국 더 가까이 다가서는 느낌이다. 그리고 그 느낌은 또다시 낭만이라는 단어로 발현되는 것이다.

여기서 낭만은 남녀 사이 애정에서 비롯한 분위기를 의미하지 않는다. 대신 사람의 감정을 대하는 태도로서의 낭만이다. 이성에 기댄 고전주의에 반대하여 감정을 중시했던 18세기 낭만주의와 유사하다. 감정이라는 것을 사소한 느낌으로 치부하지 않고 진지하게 대하고자 하는 다짐이다. 그래서 결국에는 모두의 자아를 존중하는 눈을 가지고 싶다. 누구 한 명 소외당하는 사람이 없도록 곳곳에 섬세한 시선으로 가닿고 싶다.

언젠가 그는 자신의 에세이에서 다음과 같이 썼다. "과거로부터 물려받은 것과 우리가 목격한 것들을 보며 버텨 온 우리는 아직 상상할 수 없는 환경에 저항하고, 계속 저항할 수 있는 용기를 얻는다. 우리는 연대 안에서 기다리는 법을 배울 것이다. 마찬가지로 우리는 우리가 아는 그 모든 언어로 칭찬하고 욕하고 저주하는 일을 영원히 멈추지 않을 것이다."

밀란 쿤데라는 지옥은 비극이 아니며, 어떠한 비극적 흔적도 없는 것이 바로 지옥이라고 말했다. 비극이 일어나도 흔적을 남긴다면 그것은 최악의 상황이 되지 않는다. 흔적 속에서 잘못된 것을 발견하고, 그것을 바로잡고, 또 어루만지면 앞으로 나아갈 수 있기 때문이다. 하지만 아무런 흔적을 남기지 않은 채 비극을 흘려보내면 그때는 지옥을 맞이해야 한다. 망각의 동물인 우리는 그 비극을 반복하여 경험할 것이다.

사람은 끊임없이 써야 한다. 펜을 드는 행위는 우리를 고뇌의 세계로 이끈다. 쓰기 위해 관찰과 의심, 생각을 거듭하며 우리는 자기만의 시선을 갖게 된다. 그것은 때로는 기록으로 남고 때로는 창작물이 되어 미래로 보내는 선물이 된다. 미래의 나와 사람들을 지옥에서 구원해 줄 선물이다.

오늘도 펜을 들어 본다. 첫 번째 정류장으로 향하는 걸음을 옮기는 일이다. 이렇게 수일을 보내면 언젠가 그곳에 도착할 것이다. 그러면 두 번째 정류장을 또 세울 예정이다. 그렇게 무한대의 정류장을 거치면 존 버거에 다다르지 않을까? 그 과정은 달을 지나 우주에 가는 것과 비슷할 것 같다.

Tim Eitel, *Mountains*, 2018

# 자전거 타기

아직도 자전거를 타지 못하는데 그건 넘어지는 일에 겁이 나서다. 넘어져 본 적이 있는 것도 아닌데 자전거를 타려고만 하면 무릎과 팔꿈치의 피부가 빨갛게 까인 모습만 떠오른다. 햇살이 따뜻한 날이나 푸른 들이 있는 장면을 보면 자전거를 타고 그 안을 달리는 상상을 해 본다. 하지만 정작 자전거가 눈앞에 놓이면 역시나 몸에 날 생채기 걱정이 눈앞을 가린다. 보조 바퀴 달린 자전거를 타는 수밖에 없는데 그건 폼이 나지 않아 싫다. 잠깐은 모르겠지만 달리는 내내 어딘가에 기댄 채 홀로 서지 못하는 모습이 멋져 보일 리 없다.

그리고 본래 자기가 완벽한 주인이 될 때 그 안에서 자유로울 수 있는 법이다. 인간도 자기가 자신의 주인일 때 진정으로 자유로울 수 있다. 그렇기에 자유로운 사람만이 자신을 사랑하고 타인을 사랑할 수 있다. 자전거를 타고 마음껏 달리기 위해서는 바퀴가 하나라도 달릴 수 있는 주인이 되어야 한다. 그래야 주변에 펼쳐질 아름다운 풍경을 아낌없이 사랑할 수 있을 것이다. 마음을 다한 기억은 쉽게 잊히지 않는다. 나는 그 풍경들을 오래 기억하며 소중히 하고 싶다.

올여름에는 이탈리아에 가기로 했다. 관광지는 앞선 여행에서 꽤나 많이 방문해 보았다. 그래서 이번에는 이탈리아 중부에서 시골풍의 집을 빌려 수영을 하고, 책을 읽고 쉬다가 그 일이 지겨워질 때쯤이면 자전거를 타고 너른 들을 지나 와이너리에 가 보고자 한다. 그럼 자전거를 정말 잘 타야 하는데. 시골길은 울퉁불퉁하고 예상치 못한 일을 만나기 쉬운데. 걱정을 하다가 우선 자전거를 타는 법을 배워야겠다는 생각을 한다.

늦었다고 생각할 때가 정말 늦었을 때다.

출국일이 한 달 앞이다.

자전거를 배워야겠다.

4부

## 진실하며 필요 불가결한

팀 아이텔의 파리 작업실을 취재하고 싶다는 잡지가 있었다. 작가의 집에서 라이프 스타일 전반을 파악하고 인터뷰를 진행하는 계획이었다. 깊이 있는 대화를 나누기 위해 효과적인 방법이라 생각했다. 나는 공간이 사람을 지배한다고 믿는다. 낮은 천정의 주택에 사는 사람에게는 오밀조밀한 이야기가 있고 높은 천정의 로프트에 사는 사람은 커다란 상상의 세계를 가지고 있다. 물건을 쌓아 놓고 사는 사람은 무엇이든 소중히 간직하려는 마음이 있고 물건 없이 생활하는 사람에게는 비우며 가볍게 살려는 의지가 있다. 공간을 보면 사람이 보인다.

잡지사는 팀의 작업실을 방문했다. 옮긴 지 얼마 되지 않은 새로운 공간이었다. 바스티유 근처에 위치한 작은 건물이라고 했다. 나를 초대했던 예전 작업실은 몽마르트르 언덕에 있었다. 파리 시에서 작가에게 내어준 창이 큰 건물이었다. 창밖으로는 우거진 나무가 있고 그 사이로 고흐의 단골 술집이 보였다. 새 작업실 창밖에는 고흐의 단골 술집이 더 이상 없었다. 하지만 아스날 운하가 보이고 강물은 센강으로 흘렀다. 여전히 낭만적이고 아름다운 풍경이 거기에 있었다.

팀은 손님들을 위해 서유럽 바다 생선인 도라데를 작은 오븐에 구웠다. 여름휴가로 방문한 코르시카섬에서 가져온 산양유 치즈도 내놓았다. 분명 어울리는 화이트 와인도 함께했을 것이다. 그들이 점심 식사를 함께하며 나눈 시간은 글과 사진으로 남았다. 그 사진을 살펴보니 실내 곳곳에 익숙한 물건이 보였다. 붓의 스침이 남은 이젤과 아날로그 신시사이저 모듈 등이 언젠가 본 기억에 있었다. 그리고 처음 보는 것들도 있었는데 거실에 걸린 그림이 유독 눈에 띄었다.

서울의 오후에서 파리의 새벽으로 궁금증을 전했다. "이 그림은 무슨 그림이야?"라고 팀에게 메시지를 보냈다. 자화상을 그렸다는 이야기는 들은 적이 없었다. 하지만 캔버스 안의 얼굴은 분명 팀의 것이었다. 궁금증을 풀어 주는 답장에는 다음과 같이 쓰여 있었다. 알렉스 카츠가 그려 준 자신의 얼굴이라고. 작가 선후배 사이인 둘이 서로의 얼굴을 그려 선물한 것이다.

알렉스 카츠는 대학교에 다닐 때 좋아했던 작가다. 뉴욕을 대표하는 작가로 수업에서 소개해 알게 되었다. 그는 추상이 우세였던 1950년대, 초상화를 그려 자기 스타일을 확고히하기 시작했다. 사람의 어떤 부위를 확대, 편집해 단조로운 윤곽선, 색면, 색채로 그려 냈다. 단순하게 그린 평면을 통해 정말 중요한 것, 본질만 드러내고자 하는 시도였다.

나는 사진 속 작은 그림을 한참 바라보았다. 좋아하는 가수가 좋아하는 노래를 리메이크해서 부른 적이 있다. 그날 나는 너무 기쁜 나머지 반복해 듣다 잠에 들지 못했다. 팀의 메시지를 받는 순간 나는 그 감정을 다시 느꼈다. 내가 좋아하는 작가가 다른 좋아하는 작가를 그린 것이었다. 고개를 다시 들고 마냥 바라보며 어찌할 줄을 몰랐다.


카츠는 팀의 모습을 짧은 시간 안에 그렸다고 한다. 모델을 하던 팀이 붓의 움직임을 세기도 전에 화면을 완성했다. 빠르게 그리면 일반적으로 완성도가 떨어진다고 생각할 수 있다. 하지만 카츠의 경우 붓의 속도만큼 아우라가 배가되어 풍긴다. 70여 년 붓을 만진 작가의 내공이 느껴진다.

카츠는 올해 아흔두 살이 되었다. 하지만 우리가 생각하는 여느 노인의 삶이 아닌, 작가의 삶을 아직도 매일 산다. 카츠는 서른 무렵부터 매일 그림을 그렸다. 컨디션이 좋지 않은 날은 15분만 붓을 잡을 때도 있지만 15분이라도 그린다. 조깅과 수영을 하며 건강 관리를 철저히 하는 것은 오로지 그림을 오래 그리고 싶어서다. 아직도 사다리에 오르며 캔버스 높은 곳에 직접 붓질한다.

내가 좋아하는 작가들은 공통점이 있다. 그들은 작품에 집중하는 시종여일한 생활을 한다. 성실함의 가치를 누구보다 잘 알고 있다. 손에 익은 움직임만이 이끌어 낼 수 있는 자연스러움에 나는 곧, 잘 반한다. 톨스토이도 진실하며 필요 불가결한 것들은 언제나 오랜 시일에 걸친 꾸준한 노력으로 얻어진다고 했다. 결국 모든 것은 시간이 만들어 내기에 '소중한'이라는 형용사는 그 앞에서 떼어 낼 수가 없다.

Alex Katz, *Beach Sandals*, 1987

# 팔월을 기다리는 시간

여전히 봄과 가을은 진저리나게 싫다. 타 들어가도록 뜨거운 여름과 손끝이 잘려 나갈 듯 시린 겨울이 좋고 무난할지언정 애매하게 지나가는 계절에는 마음이 가지 않는다. 억지로 그 안에 머물러 보려는 노력은 매번 흩날리는 꽃잎과 낙엽에서 서글픔을 느끼며 끝나 버렸다.

여름과 겨울 중에는 확실히 여름이 좋다. 추운 계절에 태어나 차가운 기운을 온몸으로 품고 있는 나는 태양에서 온기를 얻는다. 그 아래서 오기를 부려 오랜 시간 머물면 전신이 붉게 물든다. 그러면 화상처럼 흔적이 남는 경우도 있는데 남지 않는 것보다는 그 편이 좋다. 되돌아갈 수 없는 지난 시간을 두고두고 품을 수 있으니.

햇살이 뜨겁게 비출 때 피하지 않고 온몸으로 받아들인다면, 그 흔적이 켜켜이 쌓인다면 언젠가는 건강한 구릿빛 피부가 되겠지. 오월의 한가운데서 내 몸은 흰 쌀밥 같다. 유월을, 칠월을, 그리고 여름의 끝에서 가장 격렬한 팔월을 기다리는 시간이다.

물에 뛰어든다. 풍덩. 긴 팔을 앞으로 쑤욱 뻗어 물결을 가르고 몸을 맡겨 본다. 뻗은 팔만큼 또는 그보다 더 멀리 몸은 앞으로 향한다. 혹시라도 더 멀리 가면 그게 좋아 팔에 힘을 가득 실어 뻗는다. 그럼 몸은 물에 실려 다시 한 번 앞으로 나아간다. 신이 난다. 해, 수영장, 그리고 나만이 존재하는 듯한 느낌을 받는다. 자유롭다.

이렇게 수영을 하기까지는 꼬박 28년이 걸렸다. 나는 평생 수영을 못하는 아이로 살았다. 어릴 때 계곡에 빠진 일의 영향이다. 초등학교 때 빗물에 불은 계곡에 들어갔다 휩쓸린 적이 있다. 구조대 덕에 겨우 살아났던 그날은 쉽사리 잊히지 않았다. 무서운 기억을 몸에 달고 물에 떠오르는 것은 쉽지 않은 일이었다.

그런 내가 수영을 해야겠다고 마음먹은 것은 발리에서부터였다. 우붓에 위치한 숙소 수영장의 표면은 담요 같았다.

햇살이 균등하게 비추어 잔잔한 빛으로 짜 낸 모습이었다. 몸을 던져도 아무 일도 일어나지 않을 것 같은 포근함이 느껴졌다. 우붓의 어원이라는 '우바드'의 뜻, 치유의 기운이 온전히 전해졌다.

나는 용기를 냈고 어느새 몸은 차가운 물 안으로 들어와 있었다. 발로 벽을 힘껏 밀며 물에 몸을 맡기자 거짓말처럼 나아갔다. '엄마야, 나 물에 뜨고 있잖아!' 크게 소리치고 싶었지만 참았다. 생애 첫 부유를 조금 더 즐기고 싶었다. 어느 정도 물 위에 떠 있었다는 느낌이 든 뒤에 발을 내려놓았다. 10미터는 갔다고 생각했는데 2미터밖에 가지 못했던 것은 안타까웠다. 그래도 크게 상관없었다.

물 밖으로 나와 앉는다. 피부가 열기로 달아오른다. 여름을 잔뜩 머금고 있는 것 같은 느낌이 좋다. 견딜 수 없이 뜨거워지면 그제서야 다시 물에 뛰어든다. 풍덩. 이번에는 몸을 뒤로 젖혀 본다. 배를 잔뜩 내밀고 고개를 쭉 빼 하늘을 본다. 팔을 둥글게 그리고 또 둥글게 움직인다. 그리는 원을 따라 몸이 앞으로 나아간다. 얼굴로 쏟아져 내리는 햇살에 눈이 부시면서도 아름답다.

'해를 이렇게 정면으로 마주하고 있으면 기미가 생기거나 피부암에 걸린다고 했는데…'라는 생각이 잠깐 든다. 곧 '일 년에 몇 번인데 괜찮겠지.' 하고 모르는 척해 본다.

내 몸은 이제 완벽하게 물 위에 떠오른다.

한여름의 태양은 가라앉는 것도 떠오르게 만드는 힘이 있다.

Alex Katz, *Flowers 2*, 2010

# 깨끗하고 불빛 환한 곳

햇살 좋은 날이면 창가로 의자를 움직인다. 그 위에 앉아 몸을 살짝 누인다. 그렇게 햇살을 받아들이는 몸의 면적을 넓힌다. 가만히 있으면 눈이 스르르 감긴다. 햇살이 손이 된 듯 내 눈두덩이 위를 덮고 아래로 살며시 내린다. 그렇게 눈을 감고 있으면 따듯한 기운에 취한 채 그 상태에 머문다. 머물다 보면 머릿속에서 아름다운 지난 장면이 떠오른다.

내가 가장 자주 떠올리는 장면은 바르셀로나에서다. 어느 여름 피카소미술관을 찾아가는 길에서 만난 것이다. 나는 도시의 끝에 있는 해변에서 시작해 미술관을 향해 걸었다. 길모퉁이를 돌 때마다 벽에 붙은 표지판을 확인했다. 분명 가까워 보이는 거리였는데 한 시간이 넘게 시간을 소요하고 있었다. 노란빛이 도는 스페인의 건물들은 어쩐지 다 비슷하게 생겼다.

그렇게 걷다 나는 작은 광장 같은 곳에 들어섰다. 주택들이 감싸고 서서 공용 마당으로 사용하는 장소였다. 빨래가 널려 있고, 화분이 나와 있고, 아이들은 뛰어놀았다. 시민의 삶이 모이는 진정한 의미로서의 광장이었다. 그 공간의 오목한 형태 속에 오후의 해가 온전히 모였다. 한 번 들어오고는 빠져나가지를 않았다.

나는 거기서 오는 온기가 좋아 그곳에 멈춰 섰다. 그리고 벽 쪽으로 가서 등을 기대고 천천히 앉았다. 빛은 그 작은 광장을 평등하게 감쌌다. 평온한 느낌이 드는 것은 그 때문이었을 것이다. 미술관으로 향하는 일정을 조금 미루기로 했다. 눈앞의 장면을 바라보며 생각 없는 생각을 했다.

한참 눈을 감고 이런 순간 속에 머물러 본다. 그러다 이만 공상에서 나와야지 하고 눈을 뜬다. 나는 따스한 볕이 단절된 차가운 형광등 빛 아래 있다. 평온해졌던 마음은 냉기에 수축해 가쁘게 뛰기 시작한다. 책상 한켠에 붙여 놓은 알렉스 카츠의 그림을 바라보며 마음을 가다듬는다. 바르셀로나에서 보았던 오후의 해를 머금은 듯한 모습이다.

'빛' 하면 가장 먼저 떠오르는 작가는 렘브란트였다. 그는 최소한의 빛으로 대상을 비추는 그림을 그렸다. 그렇게 조명하여 대상이 내포한 의미를 신성하게 드러냈다. 현대 작가 중에는 에드워드 호퍼였다. 호퍼는 그늘 또는 공간 전체를 비추는 빛을 사용했다. 시간을 초월한 듯 정적인 분위기 안에서 고독이 전해진다. 그 분위기 안에 머무르면 사진을 보는 것 같은 느낌을 받는다. 그렇기에 여기서 빛은 과거의 것이며 단단하게 멈추어 있다.

어느 날부터 내 마음을 잡은 카츠의 빛은 현재 속에서 사방으로 흐른다. 그는 여러 번 테스트를 거쳐 만든 자연의 색을 가벼운 붓질로 그린다. 꽃줄기와 잎에서 빛은 물론이고 그것을 흩트리는 바람마저 느껴지는 이유다. 어떤 대상을 내세워 감정을 읽어 내게 만들기보다 장면 그 자체에 시선을 모은다. 꽃을 그리는 것이 아니라 꽃이 흔들리는 모습을 그리는 것이다.

카츠에게 관심이 있는 사람이라면 그가 뉴욕 토박이임을 알 것이다. 하지만 그는 20대 초반에 드로잉을 배우기 위해 스코히건 회화조각학교에 머무른 적이 있다. 여름날 야외로 나가 풍경을 빠르게 포착하여 묘사하는 수업을 들었다. 바로 그 순간만을 생각해야 담아내고자 한 모습을 종이에 포착할 수 있었다. 이 과정에서 그는 과거도 미래도 실존하지 않음을 깨달았다. 오직 순간만이 존재하고 그렇기에 그것에 영원성이 있다.

형광등 빛 아래 있다 보면 알 수 없는 두려움이 몰려온다. 질서 있게 정돈된 사무실이라는 공간 안에 조용히 일하고 있는 사람들. 나를 공격하거나 미워할 것이 하나 없는데도 그런 감정이 든다. 실수로 가득 찬 지난날들, 불확실한 미래에서 오는 막막함 때문이다. 그리고 이 공간을 벗어나면 이 막막함조차 허무로 남을 것을 알기 때문이다.

이런 생각이 떠오를 때 필요한 건 다시 오후의 빛이다. 따듯한 기운으로 포근히 나를 감싸 함께 머무르는 빛이다. 바르셀로나 광장에 앉아 쉬던 시간을 떠올려 미소 짓게 하는 빛이다. 순간에 집중하고 그것의 소중함을 깨닫게 하는 빛이다. 오직 빛이다.

# 바다 같은 사람

나는 강릉에서 태어났다. 초당마을 초입에 있는 동인병원에서 나왔다. 동인병원은 아직도 그 자리에 그대로 있는데 가끔 그 앞을 지나며 내가 태어나는 장면을 상상해 보면 너무 이상하다. 나는 분명 태어났기에 이 세상에 있는 것인데도 그건 정말 초현실적인 장면이다.

유치원부터는 서울에서 살았지만 나는 내가 항상 강릉 사람이라고 생각했다. 저 멀리 어딘가에 나를 포근히 안아 줄 '고향'이라는 것의 존재가 소중했다. 거기에 끝도 없는 바다가 있다는 사실이 든든한 믿을 구석이었다.

휴일이면 친구들을 끌고서, 지친 날이면 혼자 버스에 몸을 싣고서 나는 강릉에 갔다. 서울의 거리는 한 달 사이에도 급속히 변하고 사라졌다. 강릉은 내가 어릴 적 봤던 모습에서 한결같이 자리를 지키고 있었다. 나는 느린 익숙함에서 안정과 포근함을 느꼈다.

새해가 되면 재미 삼아 토정비결을 보고는 하는데 그때면 나는 내가 강릉에서 태어난 것이 기뻤다. 물이 모여 있는 가장 넓은 곳의 모양새를 갖춰 사주에서도 바다로 불리우는 삶을 타고났기 때문이다. '바다 같은 사람'이라는 말을 매번 들었는데 점쟁이 아저씨가 해 줄지언정 듣기가 좋았다.

'바다 같은 사람'이 충격적인 말이 된 것은 토정비결 보는 집을 옮긴 어느 새해의 시작이었다. 아저씨는 말했다. "아가씨는 바다의 형상을 상징하는 임수의 기질이 강하네. 바다 한가운데 고요하게 잠자고 있는 빙하 같은 사람이야."

나는 그 말이 싫었다. 차가운 물속에, 아무도 오지 않을 먼 곳에, 홀로 있는 모습이 세상 외롭게 느껴졌다. 토정비결 보는 집을 다시 바꾸면 그만인데 그 말을 다시 들을까 봐 그 뒤로는 한 번을 더 안 봤다.

강릉에 왔다. 혼자 왔으니 힘들어서 온 거다. 해변에 서서 파도를 한참 바라본다. 지치지도 않고 계속 밀려오는 모습에 많은 생각이 든다. 그러다 전에 떠올린 적 없는 바다 같은 사람으로 살고 싶다는 생각을 해 본다. 나에게서 떠나가도 나에게 다시 돌아올 수 있는 사람이기를 바라는 마음이 들었기 때문이다.

쉼도 없이 밀려나기만 하는 일상이 힘들 때도 있겠지만 오롯이 나 자신에게 다시 닿기 위한 과정이라고 생각하면 그처럼 기쁜 일도 없을 것 같다.

끝도 없이 너른 대양이 되었든, 극지방 한가운데 홀로 있는 빙하가 되었든, 끝도 없이 해변으로 다시 또 다시 밀려오는 파도가 되었든 바다 같은 사람으로 살아가고 싶다. 어쨌든 나는 바다에서 태어나기도 했으니까.

# 꿈에 관하여

....................

"나는 요즘 일하는 게 조금 힘이 드네. 이 일을 계속해야 하나 싶어. 너는?"

"나는 내가 하는 일은 힘든 적이 없었던 것 같아. 같이 일하는 사람 관계 때문에 힘들기는 하지. 나는 다시 태어나도 지금 직업을 하면서 살고 싶어."

"정말? 너 정말 축복받은 사람이다."

친구와 동네 산책을 하며 대화를 나누던 길이었다. 지금의 일에서 답답함을 느끼고 있던 친구는 나에게 부러움을 뱉어 냈다. 정말로 나는 다시 태어나도 지금 하는 일을 직업으로 삼으며 살고 싶다. 아름다운 시각적 산물을 경험하는 것도, 거기서 생성하는 이야기를 듣고 풀어내는 것도 여전히 매력적이기 때문이다. 이쯤이 되어서도 한 번 질리지 않고 알면 알수록 깊게 파고들고 싶은 내용이 끊임없이 생겨난다. 정말 다음 생에까지 이 직업을 가져야 원하는 만큼의 공부도 해

낼 수 있을 것 같다.

그렇지만 다음 생에 지금 직업을 가질 수 없다면 어쩔 수 없다고 생각한다. 전에는 이 일이 아니면 큰일 날 것 같이 여기기도 했다. 그것이 스스로를 궁지에 내몬다는 것을 깨달은 뒤에는 생각을 바꿨다. 일 외에 아무것도 생각하지 않았던 사회 초년생 때는 성과가 좋지 않으면 바로 몸이 아팠고 내내 우울해했다. 가족들에게도 친구들에게도 종종 실수를 하고는 했는데 그때의 미안함이 아직까지 마음에 있다.

지금 직업은 나름 전문직인데, 돈을 버는 것에는 한계가 있지만 정년에서는 자유롭다. 오히려 세월이 지날수록 통찰력을 지니게 되니 미술을 더 깊게 읽어 낼 수 있다. 사실 돈과 행복이 비례하는 시대는 지났으니 큰돈을 벌지 못하는 것이 나쁘지만도 않다. 행복을 만드는 것은 돈의 크기가 아니라 삶의 경험이라는 것을 우리는 이제 잘 알고 있다.

여든이 넘은 선생님들이 여전히 현역에 계신 것이 존경스럽고 높은 직급이지만 전시장에 직접 나오시는 모습을 보면 멋지다. 나도 나중에 저런 모습이면 좋겠다는 바람을 갖지만 뜻대로 되지 않아도 너무 낙심하지 말아야겠다는 다짐도 한다. 그러면서 낙심한 마음에 희망을 줄 다른 직업 하나를 머릿속에 떠올려 본다.

　나는 나이가 들면 새벽에 일어나 두부를 따듯하게 만드는 할머니가 되고 싶다. 초당마을에서 태어나서 그런지 나는 새벽에 두부 내리는 향을 항상 좋아했다. 그리고 그때 두부만큼의 온기를 가진 사람도 세 명 정도 곁에 있으면 좋겠다고 생각한다. 물론 두부 만드는 할머니가 되기로 진지하게 마음먹은 것은 아니다. 그래도 또 다른 모습의 삶을 꿈꾸는 것만으로도 마음에 바람이 드나드니 다시 일할 힘이 생긴다.

　평균 수명이 자꾸 길어지고 있으니 내 세대에서는 아흔까지도 현역에서 일할 수 있을 것 같다. 그럼 앞으로 육십여 년의 시간이 남았는데 그 사이에 실망에 빠질 일들이 분명 지금까지보다 더 많을 것이다. 그럼 그때마다 두부 만드는 할머니의 꿈이 나에게 여유와 유연함을 가져다주기를.

Alex Katz, *Nine A.M.*, 1999

# 플라뇌르, 한가롭게 거닐기

누군가 어떤 사람이 되고 싶냐 물으면 나는 순간의 망설임도 없이 대답할 수 있다. 플라뇌르!

플라뇌르는 19세기에 등장한 프랑스 단어로 '한가롭게 거니는 사람'을 가리킨다. 이들은 도시의 곳곳을 특별한 목적 없이 순간의 기분과 호기심에 따라 발걸음을 옮긴다. 걷다가 예쁜 빵집이 보이면 가게 앞에 서서 유리창을 통해 내부를 살피고, 좁은 골목이 보이면 그 끝은 어디일지 몸을 옆으로 뉘어 넣고 걸어가 본다.

빠르게 또는 느리게 걸으며 인상적인 장소는 기록으로 남긴다. 평범해 보이는 순간을 관찰하고 자신만의 시각으로 결과물을 만들어 내는 것은 예술 행위로 볼 수도 있다. 그래서 어느 철학자는 그들을 도시를 몸소 경험하며 그 속에서 미적, 시적 영감을 얻는 자들로 묘사하기도 했다.

나는 그들이 가지고 있는 열린 태도가 참으로 부럽고 가지고 싶다. 확고한 의식과 관념에서 벗어나 의심과 호기심을 잃지 않으려는 노력. 지루하고 권태로운 일상을 신선하고 새롭게 만드는 힘이 생겨나게 하는 원동력이다.

산책을 종종 즐기고는 하지만 플라뇌르와 같이 목적 없이 발걸음을 움직여 본 것은 아직이다. 현대인의 대부분이 그렇듯 효율을 따지다 보니 그렇게 되었다. 여행을 가면 가끔 모르는 도시를 목적 없이 걸으며 분위기를 살필 때가 있다. 하지만 이것은 진정한 플라뇌르 정신을 따르는 행동이 아니다.

장 자크 루소는 『고독한 산책자의 몽상』에서 행복은 타인과 연결되어 있지만, 평화로운 삶은 사색으로부터 온다고 했다. 여유롭게 주변을 살피며 몽상가적 기질을 발현할 때 우리는 삶의 고요한 순간을 만날 수 있다. 아름답거나 의미 있는 생각들은 이런 때에 피어난다.

아무런 목적 없이 가벼운 가방만 하나 어깨에 멘 채로 서울을 느긋하게 걷는 상상을 해 본다. 일상을 여행처럼 즐기고, 익숙한 것을 소중하게 여기는 사람으로 살고 싶다. 그래서 삶이 많이 흐른 뒤에 나의 모든 장소와 순간을 찬란하게 기억하기를 바라 본다.

글을 쓰는 것을 좋아합니다. 글 쓰는 일은 오랜 시간 혼자 생
활한 저에게 친구와 같기 때문입니다. 그것이 없는 밤은 어
둡고 지루했을 것입니다. 어쩌다 보니 제가 쓴 글들을 모아
책을 내게 되었습니다. 좋아하는 일로 도전하는 것이니 즐거
운 여정이 되리라 생각했습니다. 하지만 속마음을 잘 드러내
지 않는 저이기에 꽤나 괴로웠습니다.

글을 쓰다 마음이 눅눅해지는 순간들이 있었습니다. 그러면
글을 햇빛에 내놓았습니다. 정확히는 양면으로 인쇄한 종이
를 햇빛이 들어오는 창가 앞에 두었습니다. 그렇게 몇 분 있
으면 떠오르는 사람들이 있고 마음은 종이처럼 바삭해졌습
니다. 이렇게 책이 세상에 나올 수 있게 된 것은 도움 주신
분들 덕분입니다.

낯선 일이지만 익숙한 그림이 있기에 조금은 긴장을 풀 수 있었습니다. 작품 이미지 사용을 허락해 주신 전병구, 박광수, 팀 아이텔, 알렉스 카츠 작가님 감사합니다. 처음 책을 내는 사람에게 선뜻 추천사를 써 주신 김민정 시인님, 문소영 부장님 감사합니다. 기획부터 출판까지 모든 과정을 함께해 주신 원더박스 정회엽 팀장님 감사합니다. 나의 옛 친구들과 지금 친구들에게도, 그리고 가족에게도 감사의 인사를 전합니다.

모두 감사합니다.

2019년 겨울
김한들

ⓒ 박광수, Courtesy of DOOSAN Gallery

106쪽 Tim Eitel, *Untitled(Blue Coat)*, 2011, Oil on canvas,
25×25cm ⓒ Courtesy Galerie EIGEN+ART Leipzig/
Berlin and Pace Wildenstein

114쪽 Tim Eitel, *Architectural Studies*, 2017, Oil on canvas,
70×70cm ⓒ Courtesy Galerie EIGEN+ART Leipzig/
Berlin and Pace Wildenstein

134쪽 Tim Eitel, *Untitled(Observer)*, 2011, Oil on canvas,
35×30cm ⓒ Courtesy Galerie EIGEN+ART Leipzig/Berlin
and Pace Wildenstein

144쪽 Tim Eitel, *Mountains*, 2018, Oil on canvas, 310×220cm
ⓒ Courtesy Galerie EIGEN+ART Leipzig/Berlin and
Pace Wildenstein

154쪽 Alex Katz, *Beach Sandals*, 1987, Aquatint in colors on
somerset satin paper, 37.1×50.2cm ⓒ Alex Katz/VAGA at
ARS, NY/SACK, Seoul
Photo ⓒ Christie's Images/Bridgeman Images

162쪽 Alex Katz, *Flowers 2*, 2010, Oil on linen, 243.8×304cm
ⓒ Alex Katz/VAGA at ARS, NY/SACK, Seoul
NY/SACK, Seoul

176쪽 Alex Katz, *Nine A.M.*, 1999, Oil on canvas, 243.8×304.8cm
ⓒ Alex Katz/VAGA at ARS, NY/SACK, Seoul
Photo ⓒ Christie's Images/Bridgeman Images

# 혼자 보는 그림

© 김한들 2019

2019년 12월 30일 초판 1쇄 발행

**지은이** 김한들
**펴낸이** 류지호 • **편집이사** 김선경
**편집** 이기선, 정회엽 • **디자인** 김효정
**제작** 김명환 • **마케팅** 김대현, 최창호, 정승채, 이선호 • **관리** 윤정안

**펴낸 곳** 원더박스 (03150) 서울시 종로구 우정국로 45-13, 3층
**대표전화** 02) 420-3200 • **편집부** 02) 420-3300 • **팩시밀리** 02) 420-3400
**출판등록** 제300-2012-129호 (2012. 6. 27.)

ISBN 979-11-90136-08-2 (03810)

이 도서의 국립중앙도서관 출판시도서목록(CIP)은
서지정보유통지원시스템 홈페이지(http://seoji.nl.go.kr)와
국가자료공동목록시스템(http://www.nl.go.kr/kolisnet)에서 이용하실 수 있습니다.
(CIP제어번호: CIP2019051367)

• 잘못된 책은 구입하신 서점에서 바꾸어 드립니다.
• 독자 여러분의 의견과 참여를 기다립니다.
  블로그 blog.naver.com/wonderbox13 • 이메일 wonderbox13@naver.com